AF387959

REIMER BOY EILERS UND
SVEN J. OLSSON (HRSG.)

KUNST UND COMPASSION

FESTSCHRIFT FÜR
EMINA ČABARAVDIĆ-KAMBER
ZUM 70. GEBURTSTAG

VERLAG EXPEDITIONEN

Bibliografische Information der Deutschen Nationalbibliothek:

Die Deutsche Nationalbibliothek verzeichnet diese Publikation in der Deutschen

Nationalbibliografie; detaillierte bibliografische Daten sind im Internet über

http://dnb.dnb.de abrufbar.

ISBN: 978-3-943863-69-7

Inhaltsverzeichnis

Bosnische Spaziergänge: Emina Kamber und die Geschwister
Jelka, letztere in traditioneller kroatischer Tracht, Zentralbosni-
en, nahe Sarajevo 2009.

Für Emina

Wenn es einen Menschen gibt, der das lebt, was ein großer Künstler einmal gesagt hat, dann gilt das für Emina – die Frau, die Künstlerin, den Menschen: „Das Atelier findet zwischen den Menschen statt" (Joseph Beuys).

Sie handelt wie sie atmet. Sie ist Frieden, mitten im Krieg, mit den Menschen, die der Krieg verfolgt. Sie dichtet und malt, wie sie ist. Wo sie ist, gibt es Heimat für die, die bloß Menschen als Heimat brauchen. Weil sie Leiden weiß, sind die Leidenden bei ihr in Sicherheit. Ihr Atelier ist die Einladung, einfach so ein Mensch zu sein: immer ganz anders und doch so wie die Anderen. Was für ein Glück, dass es sie gibt. Denn ihr Atelier ist unser aller Leben.

Sie hat sogar das Bundesverdienstkreuz empfangen. Dabei ist sie es, die uns beehrt.

Martin Dieckmann

Zum Geleit

Nicht nur Bücher haben ihre Schicksale, so könnte man als Paraphrase sagen, auch deren Autorinnen und Autoren. Manchmal gilt es, daran zu erinnern. In das Leben der deutsch-bosnischen Lyrikerin und Malerin Emina Kamber hat die Weltgeschichte in brutaler Weise hineinregiert. Nach dem Fall des Eisernen Vorhangs in den neunziger Jahren des vergangenen Jahrhunderts wurde ausgerechnet ihre Heimat - das verhältnismäßig freizügige Jugoslawien - ein Opfer der europäischen Gezeitenwende.

Emina Kamber hat sich seit dem ersten Wetterleuchten auf dem Balkan gegen die Entwicklung der jugoslawischen Tragödie gestemmt. Sie hat es mit den ihr gegebenen Mitteln einer Schriftstellerin getan. Und sie hat mit dem offenen Ausbruch des Bürgerkriegs in Bosnien ihre Existenz und die ihrer Familie im fernen Hamburg in die Waagschale geworfen, um nicht nur zu protestieren, sondern den Beladenen zu helfen und Leiden zu lindern, wo sie es konnte.

Das hat Wurzeln. In den bald fünf Jahrzehnten, die sie mittlerweile in Hamburg wohnt, begleitete sie noch stets die Entwicklung in der Heimat mit Herz, Gefühl und einer wachen Beobachtungsgabe. Dabei hieß Heimat für sie Gesamt-Jugoslawien, war Sprachheimat ein nicht dialektal aufgebrochenes Serbo-Kroatisch. Daran hat sie bis heute festgehalten, vor allem an ihrem Wunsch nach der gemeinsamen Sprache. In unserer Gegenwart ist das mehr denn je eine Utopie.

Nicht jeder ihrer ehemaligen Landsleute hat damals ihren Ansichten zugestimmt - wie könnte das auch für Betroffene und Beteiligte an einem Großkonflikt der Fall sein? Wichtig wurde Emina Kamber die Mitgliedschaft im jugoslawischen PEN im Exil. Dort fand sie das Land geistiger Bewegungsfreiheit, das ihr andernorts mit Pass und Stempel abhanden gekommen war.

Ein Bürgerkrieg zwingt, schmerzlicher als Krieg ohnehin, zur Parteinahme. Und die Verdammung des Aggressors wird ein Überkreuz der Volksgruppen sein - eine Walstatt dystopischer Fantasien. Aber das war für mein eigenes Urteil in der Zusammenarbeit mit Emina Kamber nie entscheidend. Am Ende ist es ein Kreuz, an dem alle tragen, falls dieses christliche Bild in ein interreligiöses Verhältnis hineingerettet werden darf. Ich denke, die bosnische Muslimin Emina Kamber versteht, was ich ausdrücken möchte.

Was wir Autoren fordern können, ist ein großes Mosaik der Erinnerung. Um es richtig zusammen zu setzen, braucht es Abstand, Raum genug, um in der Draufsicht vor und zurück zu gehen. So entsteht allmählich ein Bild aus Einzelstücken, das in der Zusammenschau ein Drittes ergibt, damit nichts verklärt, nichts vergessen wird. Dem dient dann auch Emina Kambers eigene vielfältige Reflexion über die Trauma-Arbeit, besonders mit Jugendlichen, die praktische Hilfe in Bosnien und ihre persönliche Chronologie. Ich verstehe Emina Kambers Wirken als Beitrag zu einer Katharsis, die hoffentlich frei machen wird für die Zukunft.

Neben ihrem humanitären Engagement hat die Autorin seit mittlerweile drei Jahrzehnten im Vorstand des Hamburger Schriftstellerverbands mitgearbeitet. Ich habe das von Anbeginn als glücklichen Umstand erlebt. So wurden wir Hamburger Schriftsteller über das Gewohnte hinaus involviert, machten mehr als Aufrufe zum Frieden, Lesungen, Diskussionsveranstaltungen, was an sich Aufwand genug gewesen wäre und auch mehr, als wir zu anderen, Gott weiß wichtigen Themen machen (können). Wir richteten ein Spendenkonto ein, sammelten Sachspenden, halfen, Lastwagen mit wichtigen Gütern für die eingeschlossene Bevölkerung, besonders für die Kinder, nach Sarajewo zu schicken.

Hatte unsere Hilfe überhaupt ein merkliches Gewicht angesichts des ungeheuerlichen Leidens in Bosnien? Gustav Seibt sprach schon 1993 in der FAZ von der „Ohnmacht der Schriftsteller". Es komme angesichts des neuen Weltzustands auf sie und ihr Sprechen nicht mehr an. „Gerade da, wo die moralischen Gesichtspunkte eindeutig und zwingend zu sein scheinen, erweisen sie sich als wirkungslos." Zu diesem Schluss kann man als kulturkritisches Fazit kommen. Jedoch will ich das nicht feuilletonistisch beurteilen. Unsere Rolle als Schriftstellerverband war in diesem Fall eine andere, praktische. Unsere Tatkraft war jedes Mal neu angefordert, das genügt mir als Grund.

Elend, Hunger, Kriegsschrecken lassen sich nicht auf moralischer Basis oder sonst wie, selbst ökonomisch nicht, gegeneinander abwägen. Und „von der Gestalt der künftigen Tragödie wissen wir nichts" (Botho Strauß). Universelle Hilfe kann niemand leisten, ohne sich nicht schon im Versuch zu überfordern. Wir müssen uns bescheiden, zunächst als Einzelne, gewiss auch als Schriftstellerverband. Das tut weh, allzu leicht fällt man der Schere von Anspruch und Wirklichkeit zum Opfer, wenn moralische Forderungen in keinem Verhältnis zu den eigenen Handlungsmöglichkeiten stehen.

Was hilft? Ich persönlich habe Hans Magnus Enzensbergers Schlussfolgerungen aus seinem berühmten Essay „Ausblicke auf den Bürgerkrieg" als befreiend empfunden. Es ist an der Zeit, sagt er, sich von Allmachtsfantasien zu verabschieden. „Insgeheim weiß jeder, dass er sich zuallererst um seine Kinder, seine Nachbarn, seine unmittelbare Umgebung kümmern muss."

Das ist die beste Antwort, die ich am Ende habe. Emina Kamber ist unter uns, ist unsere Kollegin, Nachbarin, Nächste. Deshalb haben wir geholfen. Gleichzeitig hat sich ein altes Weisheitswort erfüllt. Soviel wir gegeben haben, soviel - wenn nicht mehr - haben wir auch zurückbekommen an innerer Fülle. So möchte ich an dieser Stelle beinahe alle Reflexionen beiseite lassen. „Vergessen wir nicht", sagt Friedrich Schorlemmer in seiner Dankrede zum Friedenspreis des deutschen Buchhandels, „das Leben zu preisen für jeden Tag, den wir leben dürfen, gar mit Brot, Wohnung, Arbeit." Es ist das, was Emina Kamber tut, auch dem Leid entgegen, das sie persönlich betroffen hat, ein Dienst am Leben.

Unterdes ist meine geschätzte Kollegin und Mitstreiterin siebzig Jahre alt geworden. Ich nehme das mit Staunen zur Kenntnis. Das Jubiläum ist ein geeigneter Moment, einmal innezuhalten und eine vorläufige

Bilanz zu ziehen. Diese Festschrift versammelt eine Reihe von Standpunkten und Perspektiven, die das reiche Schaffen der Jubilarin für die Kunst und den Frieden beleuchten. Es bleibt als Fazit, dass jedes humanitäre Engagement Emina Kambers untrennbar verbunden ist mit ihrer kreativen Arbeit besonders in den Bereichen Lyrik und Malerei. Im besten Sinne verkörpert die Jubilarin den Anspruch, dass Kunst Leben ist und Leben Kunst. Davon kündet diese Schrift auf beredte Art und Weise. Die Herausgeber möchten allen Beiträgern dafür herzlich danken.

Reimer Boy Eilers

Wenn man nachts
von Uwe Friesel

Wenn man nachts durch einen Stacheldraht kriecht
kann es
nein kommt es mit Sicherheit vor
dass
ein Zweig
ein Blatt
die Jacke
Bei elektrisch geladenem
beziehungsweise
bei Berührung
Oder eben
lediglich ein Blatt ein Zweig ein trockener Ast
knackt
Scheinwerfer
dann werden Sie erschossen

(geschrieben 1962. Am 25.02.2017 Emina Kamber
gewidmet)

Ode an Emina
(zum 70. Geburtstag)
von Šimo Ešić

In einer kleinen Stadt, im Herzen Bosniens,
Einst, im kalten Winter angefangen,
Im Haus voller Kinder und Liebe
Ihr Leben zu gestalten.

Und sie baute mit Vers und Pinsel,
Mit Wissen und frohem Geist,
Reichem Talent, ehrenhafter Erziehung,
Mit großem Einsatz und mit Fleiß.

Getan hat sie es aus vollem Herzen,
Ihm hinterher blind gefolgt,
Von einer Seite der Welt zu anderen
In Allem das Schönste gewollt.

Und sie fand es dort, wo es dies nicht gab!
Entdeckte es mit ihren Ideen.
Geschafft hat sie es immer zu finden,
Um es mit Menschen zu teilen.

Ja, um es zu teilen! Denn sie macht es
In ihrem Leben locker, leicht.
Sie fühlt, dass nur was ihr gehört
Ist das, was sie mit Anderen teilt.

Alles hat sie für die Kunst gegeben,
Denn die Kunst ist ihr Leben,
Vielen Jungen und Talentierten
Ermöglicht zu wachsen, mit ihren Ideen.

Und alles tut sie für das Wohlbefinden
Der Gesellschaft in der sie lebt.
Manchmal kommt mir es so vor,
Als wäre sie nicht von dieser Welt.

Siehe, auch heute, im hohen Hamburg,
Ihre Räume strahlen
Wunderschön, in bosnischem Geist,
Das Glück ist zu spüren.

Dass diese Seele und Künstlerin,
Gute Nana und Mutter bleibt,
Freude des Schaffens und der Menschlichkeit
Noch lange, lange mit uns teilt.

ROĐENDANSKA EMINI
Šimo Ešić

U malom gradu, u srcu Bosne,
jedne podavne zime,
u kući punoj djece i ljubavi
počela graditi ime.

I gradila ga stihom i kistom,
vedrim duhom i znanjem,
raskošnim talentom, časnim odgojem,
radom, požrtvovanjem.

Radila sve je velikim srcem
i išla za njim slijepo,
s kraja do na kraj velikog svijeta –
u svemu tražila lijepo.

I nalazila je, i gdje ga nema!
Ona je svojim čudima
uspjela uvijek da ga otkrije
i podijeli sa ljudima.

Da, da ga podijeli! Jer, ona tako
radi već život cijeli:
Osjeća da je njezino samo
ono što s drugim podijeli.

Sve za umjetnost žrtvovala je,
umjetnost za nju sve je,
mnogo je mladih i darovitih
raslo uz njene ideje.

I sve za ljude, sve za dobrobit,
za društvo u cjelini.
Ona i nije s ovoga svijeta,
ponekad mi se čini.

Eno i danas, gore u Hamburgu,
njezina soba svijetli –
čudesnim sjajem bosanskog duha
i sve joj berićetli.

Da ova Duša i Umjetnica,
obra Nana i Mama,
radost stvaranja i ljudovanja
još dugo dijeli s nama.

*(U Wupertalu, 25. februara, 2017. godine – mojoj Minkici
za sretan rođendan – nećemo reći koji)*

Ein begnadetes Multitalent aus Bosnien
Porträt von Peter Schütt

Über Emina Kamber zu schreiben, ist alles andere als einfach. Ich weiß beim besten Willen nicht, wo ich anfangen soll. Nehme ich eines ihrer Bücher zur Hand, zumal eines von ihren poetischen Werken, dann bin ich geneigt, sie als Schriftstellerin über den grünen Klee zu loben. Schau ich mir dagegen ihre künstlerischen Arbeiten an, meine ich, ich müsste sie vor allem als Malerin und Textildesignerin präsentieren. Erfahre ich dagegen von einer neuen Aktion ihres humanitären Engagements, dann denke ich, ich müsste sie zuerst als Wohltäterin, als Friedensstifterin, als Brückenbauerin zwischen Deutschland und dem nächsten Orient, dem Balkan, herausstellen.

Emina Kamber ist in jeder Hinsicht eine Ausnahmeerscheinung, ein Leuchtturm, der anderen Menschen, die nach Orientierung suchen, den Weg weisen, Signale aussenden und Hoffnung geben kann. Sie ist nach allen Lebensjahren immer noch ein Energiebündel, ein geistsprühendes Multitalent und eine Powerfrau, deren Ausstrahlung sich niemand entziehen kann, der mit ihr in Kontakt kommt. Sie ist rastlos wie eh und je, sie gönnt sich keine Ruhe, sie strebt von einem Projekt zum nächsten.

Heute ist sie in Hamburg, und morgen schon ist sie wieder unterwegs in ihre bosnische Heimat, um dort vom Krieg traumatisierten Jugendlichen Unterricht im Zeichnen und Malen und in textiler Gestaltung zu geben. Mindestens alle Vierteljahr reist Emina Kamber für mehrere Tage nach Kakanj und Visoko, um dort Schülerinnen und Schülern mit Hilfe der Kunst ein Gutteil an Freude, Lebensmut und neuem Selbstbewusstsein zu vermitteln. Die bereits 2004 in der Edition Nordwindpress im mecklenburgischen Grabow erschienene Dokumentation „Wenn die Granaten fallen, bleibt dein Herz stehen" vermittelt einen anschaulichen Eindruck von dem aufopferungsvollen, aber lohnenden kunstpädagogischen Dauereinsatz der Künstlerin in ihrer vom Bürgerkrieg verheerten und verstörten Heimat.

Als Emina Kamber vor beinahe fünf Jahrzehnten im zarten Alter von 19 Jahren als Gastarbeiterin aus Jugoslawien nach Deutschland kam, stand sie zwar mit leeren Taschen, aber nicht mit leeren Händen da. Kunst und Handwerk lagen ihr gleichsam im Blut. Ihre große Familie, in der die Frauen immer eine bedeutende Rolle gespielt haben, war seit Generationen mit der Herstellung, der künstlerischen Bearbeitung und dem Verkauf von Textilien beschäftigt. Ihr Großvater eröffnete 1930 die erste Werkstatt in Bosnien, in der Mädchen und Frauen an Singer-Nähmaschinen aus Deutschland wertvolle Kleider, Vorhänge, Kissen, Decken und Kopftücher herstellten. Das kleine Herzogtum Bosnien-Herzegowina, in dem jahrhundertelang Muslime, katholische und orthodoxe Christen und Juden friedlich zusammengelebt haben, war ein fruchtbares Biotop für kunsthandwerkliche Talente. Bosnische Tücher waren überall gefragt, sowohl im Osmanischen Reich wie in Europa.

Eine Ausstellung historischer bosnischer Textilien, die vor einigen Jahren in Visoko stattgefunden hat und an der auch die Vorfahren von Emina Kamber mit zahlreichen Arbeiten beteiligt waren, hat zum ersten Mal den kulturellen Reichtum sichtbar gemacht, über den vor allem die muslimisch geprägten Regionen in Bosnien verfügen. Die Wiederentdeckung dieses Erbes ist ein wichtiges Element in dem Prozess der Selbstbesinnung und der Selbstfindung, der den Bosniern nach dem Ende des Bürgerkrieges helfen soll, ihre kulturelle und religiöse Identität wiederzugewinnen.

Emina Kambers Weg in Deutschland begann mit harter Arbeit. Sie hat in einer Kellerwohnung in Hamburg-Altona gewohnt, hat einen bosnischen Landsmann geheiratet und hat drei wohlgeratenen Kindern das Leben geschenkt. Mit Unterstützung ihrer ganzen Familie eröffnete sie in den Siebzigerjahren ein bosnisches Spezialitätenrestaurant, das bald zu einem beliebten Treffpunkt für die rasch wachsende Hamburger Multikultiszene und für Künstler und Schriftsteller wurde. Schon früh begann Emina Kamber, selber zu schreiben. Sie veröffentlichte Gedichte, erhielt dafür mehrere Literaturpreise, und machte sich schließlich daran, eigene Lieder zu texten, zu komponieren und zu singen. Eine CD mit bosnischen Liebesliedern von ihr ist bis heute im Handel.

Inzwischen legendär ist der internationale Literaturclub „La Bohemina", den Emina Kamber in den Achtzigerjahren gründete. Zahlreiche ausländische Autoren nicht nur aus Bosnien und Kroatien, sondern auch aus der Türkei, dem Iran, aus Afrika und Lateinamerika waren bei ihr zu Gast. Im Vorstand des Verbands deutscher Schriftsteller war Emina Kamber zuständig für die Beziehungen zu ausländischen Kollegen, ein Amt, das für sie maßgeschneidert war. All diesen durchaus erfolgreichen kulturellen Aktivitäten setzte der Ausbruch des Bürgerkrieges im zerfallenden Jugoslawien ein jähes Ende.

Das Restaurant der Familie Kamber wurde zum Anlaufpunkt für Flüchtlinge aus ihrer Heimat. Ihr Mann starb unter der Last der Fürsorge für die heimatvertriebenen Landsleute mit 53 Jahren an einem Herzinfarkt. Emina Kamber stand mit ihren heranwachsenden Kindern allein da und stürzte sich mit all ihrer Kraft in die Arbeit für die Opfer des Krieges. Ihr „Hamburger Kriegstagebuch" vermittelt einen anschaulichen Einblick in die vielfältigen Aktivitäten, die sie während und nach den Kriegsjahren unternommen hat, um ihren Landsleuten zu helfen, nicht nur ihren muslimischen Glaubensgeschwistern, sondern allen Notleidenden. Die Künstlerin sammelte unermüdlich Spenden, sie organisierte mehrere Lastwagenkonvois von Hamburg nach Sarajevo und setzte sich sogar selbst mit ans Steuer, um vor Ort die Verteilung der Spenden zu organisieren. Dieses Band der Solidarität hat bis heute Bestand. Allerdings geht es nicht mehr um materielle Hilfsgüter, sondern um eine Art künstlerischer Wiederaufbauhilfe, die Emina Kamber mit Unterstützung der Hamburger Siemers-Stiftung in den Schulen ihres Heimatlandes regelmäßig leistet.

Der Krieg ist seit fast einer Generation vorüber, immerhin, wenngleich die Konflikte noch nicht gelöst sind, und Emina Kamber, die Unermüdliche, findet wieder mehr Zeit für ihre poetischen und künstlerischen Werke. Von ihren literarischen Arbeiten der letzten Jahre möchte ich vor allem zwei

Bücher hervorheben, das wunderschöne, in der Kulturakademie im türkischen Ferienort Bodrum entstandene Erzählgedicht „Begegnung an der Ägäis", das in einer bibliophilen Ausgabe kürzlich im Verlag „Das bosnische Wort" in Wuppertal und Tuzla herausgekommen ist, und die deutsch-bosnische Anthologie „…und Bosnien nicht zu vergessen", die Emina Kamber im gleichen Jahr zusammen mit Uwe Friesel ebenfalls im Verlag „Das bosnische Wort" herausgegeben hat. Emina Kamber steht mit gutem Grund im Mittelpunkt dieses Buches. Sie war die Initiatorin von zwei Workshops, an denen deutsche und bosnische Autoren an der Adria teilgenommen haben. Die wichtigsten Texte der Anthologie gehen auf die Arbeit in diesen Autorenwerkstätten zurück, darunter eindrucksvolle Reportagen aus Bosnien und seinen Nachbarländern von Reimer Boy Eilers, Uwe Friesel, Simo Esic und Emina Kamber selbst.

Doch die Allseitsbegabte hat nicht nur geschrieben und internationale Autorentreffen organisiert. Sie hat auch mit neuem Schwung und neuer Farbigkeit ihr malerisches und bildkünstlerisches Werk fortgesetzt. Ihre Textilbilder sind so bunt, farbenfreudig und vielgestaltig wie nie zuvor. Sie leuchten geradezu magisch, scheinen zu oszillieren und fluoreszieren, sie verbinden orientalische Lust am Ornamentalen mit der Freude des Westens an der Darstellung menschlicher Körper. Sie sind eine Augenweide für jeden Betrachter, sie machen Sinn und sprechen zugleich alle Sinne an. Emina Kamber ist eine beherzte Frau. Was sie schreibt, was sie malt und alles, was sie anpackt, das tut sie mit vollem Einsatz. Alles kommt bei ihr vom Herzen, sie gibt aus vollem Herzen. Sie lässt ihr Herz zu uns sprechen, in Gedichten

und Geschichten, in Bildern und nicht zuletzt in
guten Taten und Werken.

Eine Parabel zur Toleranz
von Wolf-Ulrich Cropp

Liebe Emina,

du hast Geburtstag. Ich gratuliere dir sehr herzlich und wünsche dir neben bester Gesundheit auch die Schaffenskraft, um dein Lebenswerk weiter zu führen: Darstellende Kunst und Literatur zu verbinden und Menschen, besonders Jugendlichen, nahezubringen, die in brutaler Welt leiden und litten.

In einer Welt der Rechthaberei möchte ich eine kleine Geschichte, eine Parabel, erzählen, die auch etwas mit Toleranz zu tun hat, die in der Welt der Egoisten mehr und mehr abhanden gekommen und für friedliches Miteinander doch so wichtig ist.

Einst war ein Sultan in Geldnöten. Seine Berater sagten ihm, er solle sich einen Vorwand suchen, um einem reichen Juden sein Geld abzunehmen. Hatten und haben Juden und Muslime doch häufig ein gespanntes Verhältnis. Und da die Juden für verliehenes Geld Zinsen kassierten, brachten es viele unter ihnen zu ansehnlichem Wohlstand. Der Sultan ließ also den Juden holen und stellte ihm eine heikle Aufgabe. Er möge ihm sagen, welches die beste Religion sei. Der Sultan dachte sich: Wenn er den jüdischen Glauben nennt, sage ich ihm, dass er gegen meinen Glauben sündigt – ich kann ihm das Geld abnehmen. Wenn er den muslimischen Glauben nennt, sage ich ihm, dass er ein Heuchler sei, weil er den jüdischen Glauben ja nicht aufgäbe – also nehme ich ihm das Geld ab. Gäbe er nun gar keine Antwort, zeigte er sich als ungehorsam – und ich nehme ihm das Geld ab.

Der Jude vernahm die Frage des Sultans, überlegte eine Weile und gab dann die folgende Antwort: „Herr, es gab einmal einen alten Mann, der hatte drei Söhne. Und dieser Vater hatte einen Ring mit dem kostbarsten Stein, dem besten der Welt. Jeder der Söhne bat den Vater, ihm den Ring zu hinterlassen. Da ließ der Vater einen Goldschmied kommen und sagte zu ihm: „Meister, fertige mir zwei Ringe an, die diesem genau gleichen. Und fasse in jedem Ring einen Edelstein, der diesem Stein genau gleicht."

Der Goldschmied stellte die Ringe so her, wie der Mann es ihm aufgetragen hatte. Keiner konnte den ersten Ring unterscheiden, nur der Vater. Er ließ seine Söhne, einen nach dem anderen, kommen und gab jedem einen Ring. Jeder der Söhne war überzeugt, den echten Ring zu besitzen. Doch nur der Vater wusste, wer ihn besaß. „Nun, Sultan, so ist es auch mit den drei großen Religionen. Nur der Vater im Himmel kennt den wahren Glauben. Und wir Söhne sind überzeugt, wir müssten ihn besitzen."

Als der Sultan das hörte, wusste er nicht mehr, wie er den Juden anklagen sollte, und also ließ er ihn gehen.

Diese Geschichte habe ich abgewandelt. Das Motiv wurde bekannt durch das Theaterstück „Nathan der Weise" von Gotthold Ephraim Lessing. Was sagt uns die Parabel? Sie ist die Botschaft eines Plädoyers für Toleranz und gegenseitigen Respekt, auch wenn man unterschiedliche Grundüberzeugungen hat. Jeder meint, im Besitz der alleinigen Wahrheit zu sein. Dabei handelt es sich nur um seine Wahrheit. Die anderen haben ebenso viel Grund, ihre Überzeugungen für zutreffend zu halten. Es geht nun nicht darum, die eigenen Überzeugungen aufzugeben, sondern die der andern Menschen zu respektieren. Sie mögen ihre Gründe haben, von anderen Dingen überzeugt zu sein.

Schauen wir an Europas Grenzen, dann mögen uns vor der Zukunft Bedenken kommen. Doch gerade in der Stunde der Unsicherheit ist Toleranz gegenüber der Andersartigkeit das Gebot der Stunde, wollen wir nicht im Chaos versinken.

Was ist Toleranz? Nach Friedrich Nietzsche: „Ein Beweis des Misstrauens gegen ein eigenes Ideal?" Oder nach Voltaire: „Mein Herr, ich teile Ihre Meinung nicht, aber ich würde mein Leben dafür einsetzen, dass Sie sie äußern dürfen?"

Toleranz ist ganz einfach das Gewährenlassen, Geltenlassen fremder Sitten, Überzeugungen und Handlungsweisen. Dazu gehört Bildung, Aufklärung und Charakterstärke. Wir wollen stetig daran arbeiten.

Emina
Aleksa Santić (1868-1924)

Sinoć, kad se vratih iz topla hamama,
Prođoh pokraj bašte staroga imama;
Kad tamo, u bašti, u hladu jasmina,
S' ibrikom u ruci stajaše Emina.

Ja kakva je, pusta! Tako mi imama,
Stid je ne bi bilo da je kod sultana!
Pa još kada šeće i plećima kreće...
Ni hodžin mi zapis više pomoć neće!

Ja joj nazvah selam, al' moga mi dina
Ne šće ni da čuje lijepa Emina,
No u srebren ibrik zahitila vode
Pa po bašti đule zalivati ode;

S grana vjetar duhnu pa niz pleći puste
asplete joj one pletenice guste,
Zamirisa kosa ko zumbuli plavi,
A meni se krenu bururet u glavi!

Malo ne posrnuh, mojega mi dina,
No meni ne dođe lijepa Emina.
Samo me je jednom pogledala mrko,
Niti haje, alčak, što za njom crko'!

Emina

Abends, auf dem Weg vom warmen Hamam,
traf ich auf den Garten des alten Imams,
und dort, im Schatten des Jasmins, ja,
den Krug in der Hand stand jetzt Emina.

Welche Schönheit! Fürwahr, beim Imam,
eine Zierde wär' sie im Palast beim Sultan!
Ihr Busen hob sich, nun ging sie voran.
Mir half kein geweihter Talisman!

Ich entbot ihr ein *Selam!* Mekka und Medina -
sie grüßte nicht wieder, die schöne Emina.
Stattdessen füllte sie Wasser in einen Krug,
die Rosen des Gartens war'n ihr heute genug.

Der Wind erhob sich, es war eine Lust,
er fasste die Locken, warf sie ihr auf die Brust.
Ein Duft von blauen Hyazinthen lag über dem Haar
und verdrehte den Kopf mir höchst wunderbar.

Ein Taumel ergriff mich, Mekka und Medina,
doch Hilfe verweigert' die schöne Emina.
Sie streifte mich stumm mit einem Seitenblick
und ließ mich in meinem Schmerz zurück.

Nachdichtung: Reimer Boy Eilers

Meine Registerarie zum
Internationalen Frauentag

Peter Schütt

Eine Unschuldslilie für Emilie
das Feigenblatt für Sujata Bhatt
für Semra Ertan das Blümchen-rühr-mich-nicht-an
eine Ackerwinde für Rosalinde
eine Ackerraute für Traute
eine Anemone für Simone
für Svea eine Bougainvillea
für Filiz eine Amaryllis
für Anke die Gertenschlanke
eine Je-länger-je-lieber-Ranke
für Edeltraut ein Tausendgüldenkraut
Veronika für Malika
ein aztekisches Blumenrohr
für Nancy aus Ekuador
für Margarete eine Engelstrompete
für Elisabeth ein Regenbogenbukett
ein Buschwindröschen für mein Mimöschen
für Ullahähnchen ein Löwenzähnchen
für Ute die Gute meine Wünschelrute
eine Alraune für Gloria die Braune
für Emina, unsere La Bohemina,
einen Myrtenstrauß aus Herzegowina,
für die rote Elsnerin,
Enkelin der Zetkin,
unsere allererste Emanze,
eine kapitalistenfleischfressende Pflanze!
Für Gretel, unsere Heldin des Widerstands
einen rotgoldenen Lorbeerkranz!
Und last not least
meinem allersüßesten Biest,

meiner Traumfrau aus dem anderen Amerika
mein Herz, geflochten aus Glocken-Erika!
All den anderen fleißigen Lieschen
schenke ich ein süßes Frauentagsküsschen:
sie sollen sich emanzipieren,
aber bitteschön ihren Liebreiz nicht verlieren.
Ohne die Zärtlichkeit der Frauen
lässt sich kein Paradies erbauen.
Lasst uns statt stur zu Klassenkämpfen
schwelgen in Lavendeldämpfen.
Die Kampfeslust lasst uns zügeln,
denn zwischen den Hügeln
erhabenster Weiblichkeit
fließt der Urquell der Parteilichkeit.
Darum wollen wir unsere Frauen streicheln,
mit Komplimenten umschmeicheln,
auf Rosen betten,
vor Gleichmacherei erretten,
mit ihnen ins Grüne radeln
und sie endlich zu Müttern adeln!
so wird der Jüngste Tag
zum triumphalen Frauentag.
Das Ewigweibliche wird obsiegen,
wir Männer werden unten liegen.
Darum wollen wir beizeiten
den blitzgescheiten
den wunderschön mächtigen
liebreich und prächtigen
holdseligen Frauen
unser Glück, Freiheit und Frieden anvertrauen.

Wo Kultur ist, da ist auch Zukunft

Ein deutsch-bosnischer Literaturworkshop an der Adria, zugleich ein Anthologieprojekt, hrsg. von Uwe Friesel und Emina Kamber

(Anm. d. Hrsg.) Über zwei Jahrzehnte hinweg veranstaltete Emina Kamber ihre „Künstlerkolonien" - vorwiegend mit deutschen und bosnischen Literaten und Malerinnen - auf der kroatischen Halbinsel Pelješac an der Adria. Aus einigen dieser Workshops ging ein Anthologieprojekt hervor, das seinesgleichen sucht: vier Bände in der Edition Literaturkarawane des Verlags Expeditionen. In einem Zeitraum von acht Jahren befassten sich in diesen Anthologien zahlreiche Autoren und Autorinnen auf literarische Weise mit dem schwierigen Prozess von Frieden und Versöhnung, Wiederaufbau und Ausblicken in eine multikulturelle europäische Zukunft für Bosnien.
An diesem Ort soll stellvertretend für das Projekt eine Anthologie vorgestellt werden, die von Uwe Friesel und Emina Kamber herausgegeben wurde: „Wo Kultur ist, da ist auch Zukunft" (erschienen 2014).

Vorwort von Uwe Friesel

Bosnien und Kroatien im Jahre 2010. Der Bürgerkrieg aus dem letzten Jahrzehnt des zweiten Jahrtausends ist noch immer in kollektiver Erinnerung. Daran wird, daran kann sich auch so leicht nichts ändern. Die überall sichtbaren Ruinen sprechen eine beredte Sprache, immer noch. Die weiß gestrichenen Jeeps der Nato-Friedenstruppe IFOR demonstrieren mit jeder Vorbeifahrt, dass urplötzlich wieder Gewalt ausbrechen könnte im einstigen Vielvölkerstaat, der noch vor einem Menschenalter unter Tito friedlich vereint war. Damals schrieb und sprach man auf dem größten Teil des Balkans dieselbe Sprache, Serbokroatisch. Es war die bildkräftige Sprache des Literatur-Nobelpreisträgers Ivo Andric.

Doch nun finden wir auf dem Balkan Slowenisch, Bosnisch, Serbisch, Kroatisch fein säuberlich getrennt, als seien wir ins 19. Jahrhundert der Nationalstaaten zurückgekehrt. Alles muss ethnisch sauber sein: Schulbücher, Schulunterricht, Literaturen, Krankenhäuser usw. Übrig geblieben vom multikulturellen Erbe Titos ist nur das kleine Bosnien, das sich, so gut es geht, gegen die häufigen Annexionsversuche von allen Seiten zur Wehr setzt. Die vielen Regierungswechsel, die mit der Gleichberechtigung der ethnischen Gruppen in Bosnien zu tun haben, scheinen ein staatliches Weiterbestehen fast unmöglich zu machen. Leider bereichern sich viele Politiker, solange sie die Macht dazu haben. Korruption ist an der Tagesordnung. Ein Anschluss an die EU ist nicht in Sicht.

Und dennoch gibt es Grund für Optimismus. Auf vielen Gebieten der Kunst, etwa im Film und in der Musik, sogar in der Architektur entsteht Neues: Man denke nur an den grandiosen Avaz Twist Tower in Sarajevo, an die Messehallen, die inzwischen wieder aufgebaute weltberühmte Bibliothek.

Deshalb wählte die nach Deutschland emigrierte Künstlerin und Schriftstellerin Emina Čabaravdić-Kamber, Mitherausgeberin dieser Anthologie, als Motto für einen zweiten interdisziplinären Workshop auf der süddalmatischen Halbinsel Pelješac die

These „Wo Kultur ist, da ist auch Zukunft“. Mit der gebotenen Skepsis: Denn Kultur ist ein zartes Pflänzchen, das es zu hegen und zu pflegen gilt. Meist ist kein Geld dafür vorhanden.

Wiederum, wer glaubte 1945 in Deutschland, auf den Trümmern des Hitlerwahns, an eine mögliche Zukunft? Wer hätte gedacht, dass nach den Genoziden des „Tausendjährigen Reichs“ je wieder Beethoven und Mozart, Schiller und Goethe, Kant und Hegel, Fontane, Mann, Brecht für das Wort „deutsch“ stehen könnten? Dass Kultur am Ende stärker wäre als rassistischer Größenwahn?

Es war eine neue Erfahrung für die Teilnehmer des Workshops, dass deutsche Sprache und Literatur, Malerei und Musik, Fotografie und Film, kurz, unsere Kunst und kulturelle Vergangenheit für andere Völker offenbar wieder wichtig sind. Erstaunt erlebten wir, dass unsere Nachbarn auf dem Balkan uns geradezu in die Pflicht nahmen, für geistige und künstlerische Leistungen früherer Jahrhunderte einzustehen und an sie anzuknüpfen.

Leider kann man vor der gegenwärtigen Situation in Deutschland die These „Wo Kultur ist, da ist auch Zukunft“ inzwischen auch zynisch sehen. Von Xenophobie zu reden ist seit der Vereinigung noch milde ausgedrückt. Islamophobie allerorten, wie die Verkaufszahlen eines Bestsellers mit dem meschuggenen Titel „Deutschland schafft sich ab“ beweisen. Die Scheuklappen im deutschen Diskurs über Immigranten verstellen den Blick auf historische Zusammenhänge. Und die sind Augen öffnend!

Unter Kulturwissenschaftlern ist unbestritten, dass ohne den Beitrag der Mauren eine europäische Renaissance gar nicht in Gang gekommen wäre, ja dass sogar die Arabeske und das Filigran der Gotik sich daraus herleiten. Mit ihren grandiosen Palästen, ihren Gärten und kunstvoll bewässerten Terrassen in Toledo, Granada und anderswo, mit ihren Universitäten, an denen zum Beispiel jüdische Professorinnen Astronomie – nicht etwa Astrologie! – lehren konnten, schufen sie die Voraussetzungen für Europas kulturelle Wiedergeburt. Erst über den Umweg der arabischen und nordafrikanischen Kulturen kamen die Impulse der hellenistischen Antike auch bis nach Deutschland. Erst mit Hilfe der kulturellen Einflüsse Afrikas und Vorderasiens gelang es, bei uns das dogmatisch geprägte Mittelalter zu überwinden und ins Zeitalter der Aufklärung einzutreten.

Und auf dem Balkan?

Als die katholischen Könige mit ihrer sogenannten Reconquista Spanien ethnisch und religiös säuberten und die jüdischen und maurischen Untertanen vertrieb, kamen viele von ihnen nach einem Umweg über das Osmanische Reich wieder in ihr geliebtes Europa – über die östliche Landbrücke diesmal: nach Bosnien, nach Sarajevo. In diesem europäischen Orient wurde dann über Jahrhunderte vorgelebt, wie unterschiedlichste Religionen und Kulturen nebeneinander existieren könnten. Wenn trotzdem heute großserbische Fanatiker immer noch glauben, das christliche Abendland für die Niederlage gegen die Türken 1389 auf dem Amselfeld rächen zu müssen, so zeigt dies zwar die lang anhaltende Wirkung historischer Traumata, beweist aber zugleich, dass militante Islamophobie kaum die eigene Höherwertigkeit beweist.

Genau in diesem wieder auf lebenden Wahn liegt aber nach Ansicht vieler Historiker die Gefahr, die in Deutschland u. a. von jenem so beschaffenen Bestseller ausgeht: nämlich eine latente teutonische Fremdenfeindlichkeit zu mobilisieren bis hin zur Gewalt. Die NSU-Mordserie in Deutschland, mitten in Europa, samt den unglaublichen Ermittlungsfehlern bei ihrer Aufklärung ist ein Beleg dafür. In einem anderen geistigen Umfeld wäre sie nicht passiert. Schließlich musste ein Bundestagspräsident, mussten deutsche Parlamentarier für das kollektive Versagen deutscher Behörden um Entschuldigung bitten.

Bei derart dürftigem Informationsstand im eigenen Land ist es tröstlich, den Blick auf Bosniens immer noch (oder endlich wieder) multikulturelle Hauptstadt zu lenken und zu lesen, was der taz-Redakteur und Autor Uwe Rada in seinem Aufsatz „Sarajevo-Tagebuch" schreibt: „Der beste Ort (*um sich hier mit Büchern einzudecken*) ist die Buchhandlung *Buybooks* in der Radiceva 4. Engagierte Buchhändler und Intellektuelle haben den Buchladen und Coffeeshop nach dem Krieg gegründet, um in Sarajevo auch weiterhin bosnische, serbische und kroatische Literatur zu vertreiben. Multikulturalität als Geschäftsidee. (...) In der Zwischenzeit ist aus *Buybooks* auch ein kleiner Verlag geworden, der bosnische Reiseführer in englischer Sprache herausgibt. Aber auch deutsche Literatur über Bosnien steht in den Regalen (...)" Richtig! — nämlich unser erstes Workshop-Buch „...und Bosnien, nicht zu vergessen", das 2008 im Verlag *Das Bosnische Wort* herauskam

Sarajevo verändert sich. Zu sagen, es kehre zur Normalität zurück, trifft es nicht. Vielmehr sucht es eine neue Identität. Man nimmt, so scheint es jedenfalls, mittlerweile demokratische Prinzipien ernster. Bemüht sich, Partizipation für alle herbeizuführen. Und vielleicht ist ja das Olympiastadion, jener grausige symbolträchtige Friedhof voller unterschiedlichster Grabsteine, in den man aus der Höhe des Avaz-Turms hinein sieht, am Ende doch eine Mahnung an die Lebenden?

Emina Čabaravdić-Kamber war mit ihrer deutsch-bosnischen Identität eine kenntnisreiche Organisatorin. Ich selbst habe die Arbeit der Autorinnen und Autoren koordiniert. Birgitta Sjöblom hat auch diesmal wieder das Cover entworfen.

Uwe Friesel
Salzwedel, im Sommer 2014

Nachwort von Emina Čabaravdić-Kamber

„Literatur darf nichts und niemanden vergessen" war das Credo des kroatischen Autors Miroslav Krleza. Auch die Autoren, die sich in diesem Buch mit den eigenen Texten vorstellen, zeigen, wie wachsam ein Schriftsteller sein kann und sein muss.

Als wir uns entschlossen hatten, das Thema „Wo Kultur ist, da ist auch die Zukunft" zu behandeln, kam es mir so vor, als hätten wir alle vor, gemeinsam an einem Roman zu schreiben. Doch die Unterschiede der individuellen Annäherung an dieses Thema haben uns gezeigt, dass es im Schreiben viele

Wege gibt und dass alle Wege uns zu ein und demselben Ziel führen, nämlich das Menschliche zu entdecken.

Bosnien – fünfzehn Jahre nach Beendigung des Krieges. Wir sind als Schriftsteller zum dritten Mal in Bosnien, auf der Suche nach der Gültigkeit des Menschlichen. Meine Hamburger Kollegen stellen fest, dass die Geschichte dieses Landes eine Geschichte der Vielfalt ist.

Ich selbst wuchs in meiner Kindheit in dieser Vielfalt auf. Die Zukunft Bosniens lag auf den Schultern von Katholiken, Muslimen, Juden und Orthodoxen. Eine schönere Vielfalt konnte man sich gar nicht vorstellen. Verschiedenste Lebensstile und Ansprüche trafen hier zusammen. Man kam einander nahe, nicht selten zu nahe. Die Religionen vermischten sich, Familien verschiedenen Glaubens wurden gegründet.

Meine Eltern stammen aus den muslimischen Familien und gaben uns, ihren elf Kindern, zu verstehen, dass die Religionen nach ihren äußeren Formen verschieden –, aber ihrem Wesen nach alle gleich sind. Sie lehrten uns, allen Menschen gegenüber die gleiche Toleranz zu entfalten, ohne die Neigung zur Überheblichkeit.

Ich lebte in diesem Land, ohne gewusst zu haben, dass wir verschieden sind. Bis zum Aufbruch des Krieges im Jahr 1992. Heute, fünfzehn Jahre danach, kommt es zu einem inneren Aufbruch: Die Möglichkeit eines geistigen Miteinander zeichnet sich ab, eines Dialogs unter den Menschen in Bosnien, um eine neue Gemeinsamkeit in der Religion, aber auch im Sozialem und Politischem lebbar zu machen.

Diese wiederauflebende Kommunikation ist nicht durch äußeren Einfluss, sondern durch innere Notwendigkeit entstanden. Die Bosnier wollen wieder in Frieden miteinander leben. Es werden wieder gemeinsame Feste gefeiert, literarische Veranstaltungen gemeinsam organisiert, auf der Theaterbühne in Sarajevo spielen wieder alle gemeinsam, und im Fußballklub *Sarajevo* kämpfen bosnische Muslime / Orthodoxe / Katholiken sowie Juden gegen den gemeinsamen Gegner *Roter Stern Belgrad*.

Die heute noch vom Krieg gezeichneten Bosnier können der Welt ein Modell für ein friedliches Zusammenleben von Muslimen und Nicht-Muslimen bieten. Denn in Bosnien ist eine Zukunft ohne kulturelle Vielfalt gar nicht möglich. „Wo Kultur ist, da ist auch Zukunft"

Unter den Schwestern
Emina Kamber: Gedichte

Zwei Hälften
Die Erde besteht aus zwei Hälften
Die eine aus Tag
Die andere aus Nacht

In der Verschleierten
Einst wurdest du Dreizehn
Deine Eltern sangen dir das Lied:
„Der Schleier wird dir frommen
Du wirst zur Ruhe kommen"

Auf einem Flüchtlingsschiff
Nahmst du den Schleier ab
Und warfst ihn in das bedrohliche Meer

Mit der Unverschleierten angespült
Winkten deine schwarzen Locken
Der Freiheit entgegen

Dein lebloser Körper am Strand
Aus der Hälfte Der Verschleierten
Die Freiheit sei dir nicht gegönnt

Unter den Schwestern
Ein Busch in der Abenddämmerung
Schien noch düsterer
Die blassen Laternen in der Nähe unseres Hofes
Ließen hier und da einiges erkennen

Was wie unbewegt wirkte
Ich stand vor dem Haus
Auf den Mond wartend

Aus dem Schein einer der Laternen
Trat meine ältere Schwester
Arm in Arm mit ihrem Liebsten heraus

„Es sei ihr gegönnt"
Dachte ich

Ich bin erst Vierzehn

Bosnien 1998
Der Himmel war samtblau
Und meine Freude passte sich
Der Farbe des Himmels an

Auf der Fahrt wieder in die Heimat
Nach neun Jahren des Krieges
Fühlte ich mich wie eine Schwalbe
Wollte lieber fliegen

Über die Berge und Dächer
Mein „Zuhause" wieder erreichen

Für einen Augenblick vergaß ich
Den Krieg
Und all das was dort geschah

Je näher ich über neu aufgestellte Grenzen
Richtung Bosnien kam
Desto düsterer und unheimlicher wurde es
Aus den Ruinen ragten Blumen
Die Fensterlöcher wirkten
Wie Hautkrebsflecken eines
Vom Tod gezeichneten Körpers

Würde der Phönix aus der Asche entstehen
Dann
Hätte er nicht nur den Eindruck,
Der Himmel in diesem Teil der Erde
Sei schöner und am schönsten

Kurz vor dem Elternhaus angekommen
Begriff ich nicht
Warum mich plötzlich
Ein Gefühl der Unruhe
Vermischt mit Beklemmung überkam

Dann bemerkte ich das zerschossene Haus
Und da wusste ich
Warum

Sarajevo
Ich betrachte von der „Gavrilo Princip" Brücke aus
Rundherum die schneebedeckten Berge
Über Sarajevo
Von noch nie gesehener Bläue.

Unvergänglich schön dachte ich
Konnte den Blick nicht vom
Blau des Firmaments lösen.

Wie viele Epochen haben hier
Ein Zuhause gesucht
In einer Stadt
Über die sich das Firmament mit
Goldenen Pfeilen füllt

In der sich
Die Kirchen mit dem glänzenden Kreuz
Recken
In der
Die aus weißem Stein erbauten Minarette
Soeben strahlen

Ein Friedenszweifel überkommt mich
Lässt sich nicht leicht
Aus meinen Kopf bannen

Ich zittere am ganzen Körper
Mir ist plötzlich sehr kalt

Das Mädchen
Ein Mädchen mit großen dunklen Augen
Hat noch nicht ihre warmen Lagunen aufgegeben
Ihre kreisenden Aquarien

Dieses Mädchen das keine Angst
Vom Schatten eines Adlers in der Sonne -
Von der Stimme einer Eule im Buchenbaum kannte

Tag und Nacht trägt sie
Nebel Auf ihren Rücken
Die Last von damals
Singt immer noch ihr Kinderlied
Und träumt von ruhigen Wiesen

In ihrer Pupille gedeihen die Weinreben

Hinter dem Horizont
Verdunstet die bittere Zeit
Sie schaut auf die Wolken wie sie unruhig wachsen
Träumt
Dass die Kinder nirgendwo mehr Kriege erleben
Singt mit halber Stimme
Das Kinderlied:

„Kommt zurück in das Nest"
Ich kenne dieses Mädchen
Die den Nebel von ihren schwachen Schultern
Nach und nach abschüttelt

Höre ihr Lied

Die Nacht voller Geheimnisse
Meine Vorfahren hatten eigene Regeln
Unter anderen:
Dass man auf den Reisen oft rasten soll
Wie einst in der Zeit der Handelskarawane

Nie in einem Ort ankommen ohne dort zu über-
nachten
Der Tag macht müde
Und die Nacht ist voller Geheimnisse

Beim Anbruch des neuen Tages
Singen nicht nur die Vögel ...
Meinten meine Vorfahren

Weite Welt
Auf einem Pegasus
Einst in Morgendämmerung
Richtung weite Welt hinaus geflogen
Zum großen Staub fremder Sterne
Zum Nebel hinter den teuren Träumen

Im Westen angekommen
Am Trost geknabbert
Winzig klein wie eine Handfläche

In dieser großen Welt

Damals
Die Zeit vergeht
Meine kleinen Wünsche
Riechen verführerisch
Nach den Weinbergen von Pelješacelj

Du bist unter einem Brückenbogen
Im Zelt zwischen Konserven und Müll
Zwei Welten auf der Drehscheibe
Auf einem Waldweg
Den Felsen entlang, wo
Olivenbäume empor steigen
Denke ich an unsere Zeit von damals

Juniblätter ziehen die Sonne an
Hier bin ich, hier muss ich sein

Rückkehr
Einmal werden wir
An die Türschwelle zurückkommen
Um die Worte wieder zu empfangen
Die in der fremden Zeit verloren sind

Zurückkehren
Zu unserem ersten Gefühl
In die Ecke einer Blumenwiese
Wo wir die ersten Schritte übten
Zu dem ersten Lachen das immer noch
In unseren Ohren zu hören ist

Zurückkehren
Um das Kinderlied zusammen zu singen
Einst das Schlaflied

Vergangen ist ...
Aus Erfahrung wissen wir
Um die Hoffnungslosigkeit
Des Vergangenen

Überlegen, kühl

Brauchen wir diese
Innere Unruhe

Warum ergreift sie uns
So
Wo wir doch wissen,
Dass
Alles vergangen ist

Fremde Träume
Die Nacht neigt sich ohne Schlaf
Dem Ende zu
Es ist kurz vor der Morgendämmerung

Meine Poesie verlässt den Traumzug

Zu weit bin ich mit fremden Träumen gereist
Ausgestiegen
Am Grundboden ihres Lebens
Begleitet von eigenen Gedanken
Im Chaos des Täglichen
Des Gegenwärtigen

In einem Augenblick
In einem liebenden Akt
Voller Poesie
Die Traumreise fortgesetzt

Bosnien
Im Garten mediterraner Düfte
offenbart sich eine Rose:
„In der Kraft meines Seins
Aufrecht zu stehen
Beuge ich mich vor dir
Als stünde ich vor einer Königin

In der Beugung die Gabe,
Mein kostbarer Duft
Meine weichen Blüten
Die
Wie die Schmetterlinge in der Luft fliegen
Bis du sie empfängst

Meine Dornen halte ich am Körper fest
Als einen Schutz Deiner selbst
Ich beuge mich vor dir
Als stünde ich vor einer Königin"

Zukunft

Eine Finsternis türmt sich auf
Wir folgen der Zukunft
Die es in einer Fülle gibt

In Abschnitten

Führt sie uns zur Quelle
Des Kommenden
Wo wir die ausgestreckte Hand
Vor unseren Augen nicht sehen werden

Dezember in Bosnien
Im Lehmofen zittert schwaches Feuer
Ein Zeichen
Dass die Glut
Langsam zur Asche wird

Die Tiefe der Nacht schleicht sich ins Zimmer

Ein Stück Holz entflammt

Beim Licht
Dass sich aus dem Ofen
In purpurfarbigen Silhouetten
Auf der Zimmerdecke abzeichnet
Liege ich mit offenen Augen
Betrachtend das Spiel der Farben

Es ist Dezember

Draußen wiegen sich Schneeflocken
Im Wind
Straßenlaternen tanzen berauschend
Werfen ihr schwaches Licht
Auf Neuschnee bedeckte Straße

Die kahlen Pappeln
Verkleiden sich in Weiss
Wie in einem Märchen
Es ist Dezember

Auf der vereisten Fensterscheibe
Kratze ich mit meiner linken Hand
Ein Herz ein

Die Schönheit

Die Schönheit verliert nicht an ihrem Glanz
Sie ist unvergänglich ...
Mit der Zeit Verlagert sie sich unter die Haut
Befreit sich von äußeren Blicken

Nistet sich in den menschlichen Geist ein
Und hinterlässt ewige Spuren

Die Schönheit ist unerschöpft ...

Vom Rauch bis zur Flamme
Von der Flamme bis zur Glut
Von der Glut bis zur Asche
Von der Asche bis zur Neugeburt

Vom Leben zum Leben
Reift sie
Im Menschengeist

Sie ist gegangen
17. Februar, 1977
Die Nacht ist menschenleer
Meine Uhr zeigt auf 1.25' Uhr
Die vom Wind treibende Schneeflocken
Fallen leise auf die Erddecke
Um sie nicht
Aus ihrem ewigen Schlaf zu wecken

Sie ist fortgegangen ...

17. Februar, 2017
Im Nebeldunst der Nacht erscheint mir
Ihr Bild von damals ...

Nimm dein Leben in die Hand
Emina Kamber: Aphorismen

Erhaben ist nichts zu besitzen. Außer sich selbst.
***

Mag der Vogelkäfig noch so schön sein. Der Vogel
in ihm ist und bleibt ein Gefangener.
***

An das Ende des Weges bin ich gekommen. Aber
für welche Richtung soll ich mich entscheiden?
***

Nimm dein Leben in die Hand. Und geh. Wirf dich
nicht in den Rachen des Todes.
***

Wenn sich jeder schwache Mensch an Fleiß heran
tasten würde, könnte er auch einen Erfolg erzielen.
***

Das Essen kann sehr gut schmecken. Wenn du ihm
etwas an Liebe und Schätzung verleihst.
***

Das wahre Verhalten eines Menschen ist die Frucht
seiner Größe.
***

Ajvatovica: Jährliche Prozession in der Nähe von Travnik, Zentralbosnien, zu Ehren von „Opa Ajva", der vor 500 Jahren durch seine Gebete das Land von einer Dürre erlöste.

Das Übersetzen beim Wort genommen oder Die allmähliche Verfertigung der Gedanken beim Schreiben

von Christel Hildebrandt, Übersetzerin

"Translators are the shadow heroes of literature, the often forgotten instruments that make it possible for different cultures to talk to one another, who have enabled us to understand that we all, from every part of the world, live in one world."—Paul Auster

Ein-holen - Über-setzen - Heraus-geben: Es sind verblüffend einfache Worte, die so komplexe Tätigkeiten bezeichnen. Aber immer ist eine Bewegung darin zu sehen. Die Worte stehen nicht still, sie wandern von einem Ort zum anderen, werden gezogen, geschoben, überreicht. Zunächst muss das Wissen eingeholt werden, abgeholt dort, wo es zu finden ist, es muss abgewogen und bewertet werden. Verstehe ich wirklich das, was dort steht? Nicht nur wörtlich, nicht nur in der Bedeutung, sondern auch von ganzem Herzen? Ich nehme mir die Worte vor, betrachte sie und versuche einzuschätzen, welchen Wert sie haben. Wie gewichtig sind sie, wie bedeutend in ihrer Sprache? Das kann mit so einfachen Dingen wie einer Anrede beginnen:

Ist es ein Sie, ein Du oder ein Ihr?

Auf welcher Ebene befinde ich mich, kommunizieren hier zwei Menschen gleichberechtigt, oder ist einer dem anderen untergeben? In welcher Zeit, in welcher Örtlichkeit findet das Geschehen statt?

Und dann kommt der große Schritt des Übersetzens, wörtlich gemeint: Von wo nach wo geht diese Fahrt? Kann ich von einem seichten Ufer auf das andere gleiten? Muss ich Klippen umschiffen, finde ich vielleicht gar keinen geeigneten Anlegeplatz auf der anderen, auf meiner Seite? Ich kann die Fracht doch nicht auf hoher See sich selbst überlassen. Aber ich darf sie auch nicht verstümmeln, zerreißen, unkenntlich machen.

Ich muss sie schützen, hüten, vielleicht sogar vor mir selbst. Sie ist ein kostbares Gut, das mir anvertraut wurde in dem Glauben, ich fände schon einen geeigneten Hafen.

Bleiben wir bei der Anrede:

In so einigen Sprachen gibt es nur das Du, was mache ich damit? Lasse ich es unverändert passieren, auch wenn es in seiner neuen Umgebung ganz fremd dasteht? Oder zwänge ich es energisch in das steife Sie in der Hoffnung, so werde es nicht auffallen und somit nicht stören? Jedes einzelne Mal wieder muss eine Entscheidung getroffen werden, keine Situation ist der anderen absolut gleich. Aber diese Möglichkeit birgt auch eine Chance: Hier kann ich als Übersetzerin ganz vorsichtig zwischen den Zeilen hervorlugen, seht her, ich bin es, die bestimmt, wie das Gespräch hier läuft, seht her, ich lenke hier ein ganz klein wenig die Geschicke mit und fast fühle ich mich gottähnlich, wenn ich entscheide, wann es in einer immer vertrauter werdenden Beziehung vom Sie zum Du wechselt. Es prickelt mir geradezu in den Fingern, wann ist es soweit, vor oder nach dem ersten Kuss, beim ersten heftigen Streit oder beim intensiven gemeinsamen Erlebnis.

Ach, es gibt so viele Möglichkeiten, sich zu entscheiden, nicht nur zwischen Du und Sie.

Eigentlich ist doch jedes geschriebene Wort eine Entscheidung, jeder Satz legt meine Meinung, meine Auffassung vom Text bloß. Wie kann ich die feine Ironie vermitteln, die ganz vorsichtig dem Originaltext unterlegt ist? Wie stark darf der Schmerz aufbrechen, wie heftig die Wut sich zeigen, dass sie in meiner Sprache genauso wirkt wie in der Originalsprache. Es ist ja nicht alles eins zu eins, in einer Sprache wird mehr geflucht als in der anderen, eine zeigt sich konfliktscheuer als die andere.

Und trotz aller Bemühungen, den Text zu transportieren, also hinüberzuschaffen, bleibt immer etwas vom anderen Ufer an ihm haften. Und das soll es auch, sonst wüsste der Leser/die Leserin doch gar nicht, aus welchem Umfeld die Sätze stammen, die er/sie da liest. Denn wenn ich ein Buch aus den USA lese, möchte ich immer mal wieder leise daran erinnert werden, dass die Landschaft, das Wetter, die Menschen, die Kultur dort ein wenig anders sind als bei mir. Natürlich darf das nicht stören, aber ich möchte auch nicht abrupt aufwachen, wenn ich plötzlich registrieren muss, dass es ja gar nicht hier spielt, das Geschehen.

Nach dem Ein-holen und Über-setzen kommt das Re-digieren, das Zurück-treiben. Sollen hier die übermütigen Bocksprünge der Übersetzerin geglättet werden? Oder der Text in die Schranken der Zielsprache gewiesen werden? Schon irritierend, dieses *Re* in dem Wort, deutet es doch auf eine Umkehr, zumindest eine Rückwärtsbewegung hin. Und dabei ist eigentlich zu hoffen, dass es vorwärts geht, tiefer ins Meer der Zielsprache, also hier des Deutschen. Dann suchen wir uns doch lieber den Lektor, den Leser, oder, wie in der Mehrzahl der realen Fälle, die Lektorin. Hier geht es vom Wort her also nicht ums Zurücktreiben oder in Ordnung bringen, sondern glücklicherweise nur um das Lesen. Das flüssige Lesen, das Lesen in der Muttersprache.

Manchmal erscheint das Ufer - der Abfahrts- und Ankunftsort - erschreckend weit fort, manchmal weiß diese professionelle Leserin nur wenig von den Ursprungsbedingungen des Textes. Das kann erfrischend sein, ist aber teilweise auch gefährlich. Ganz profan: Hat die Übersetzerin einen Fehler gemacht, etwas übersehen, falsch gedeutet, sieht die Lektorin das nur, wenn es im Deutschen unlogisch erscheint.

Meine Finger haben die hinterhältige Angewohnheit, selbst wenn sie sich vertippen, korrekte deutsche Worte erscheinen zu lassen, so dass das wunderbare, oft verfluchte Autokorrekturprogramm diese Kuckuckskinder gar nicht erkennt. Wie soll dann eine Lektorin, die der Ursprungssprache nicht mächtig ist, sie finden? Statt *sitzt* steht dort plötzlich *siezt*, statt *zahlt* lustigerweise *zahnt*. Aber ich tröste mich: Wenn es nicht merkwürdig erscheint, der Text nicht unlogisch, holprig oder unverständlich wird, ist das nicht so schlimm. Schließlich hat auch Christian Morgenstern Henrik Ibsens Werke übersetzt, nachdem er nur ein gutes Jahr lang Norwegisch gelernt hatte. Und sein Per Gynt ist immer noch faszinierend.

Was ich sagen will: Es kommt nicht darauf an, dass jedes einzelne Wort korrekt übersetzt ist, wichtiger ist das Überführen des Textes als Ganzes, seines

Stils, seines Charakters. Dabei gibt es häufig kein Richtig oder Falsch, sondern eher ein Sowohl-als-Auch und ein Entweder–Oder. Ich hatte einmal das Vergnügen, eine Ibsenübersetzung eines Kollegen mit meiner zu vergleichen. Es war ein ganz anderer Ton in den Texten zu spüren, ein unterschiedlicher Klang, und dabei konnte ich nicht sagen, das eine ist richtig, das andere falsch oder auch nur, das eine ist gut, das andere schlecht. Nein, vieles ist zu diskutieren, und dann muss ich mich mal wieder entscheiden, mich fragen, bin ich dem Text gerecht geworden, habe ich ihn sorgsam genug hinübergeführt.

Und eine gute Leserin, eine gute Lektorin spürt genau dieser Überführung nach, sie streichen den Text mit dem Strich, nicht gegen ihn, glätten ihn, ohne ihn platt werden zu lassen, und geben dem übersetzten Text die Luft, die er braucht, um in der fremden Umgebung Wurzeln schlagen zu können und sich mit seinem Hauch von Exotik zu behaupten.

Dann gibt es noch einen wunderschönen, einfachen Begriff bei der Arbeit mit Büchern: Heraus-Geben.

Hier sehe ich einen stolzen Verleger (auch so ein vielschichtiges, nur scheinbar einfaches Wort für einen sehr umfassenden Beruf) vor mir stehen, das fertige Werk in den ausgestreckten Händen, den zufriedenen Blick auf dem Titelblatt ruhend, voller Erwartung, wie diese fertige Arbeit, das Werk, angenommen wird. Und jetzt wird es aus der behüteten Sphäre der professionellen Schöpfer und Bearbeiter entlassen, in die Welt geschickt, für Jeden und Jede zugänglich.

Ich gebe gern zu, ich bin jedes Mal wieder stolz, wenn so ein Weg zu Ende ist, wenn das Paket mit den fertigen Büchern bei mir vor der Tür ankommt. Denn in ihm steckt nicht nur meine Arbeit neben der vieler anderer, es steckt auch ein wenig von mir selbst darin, denn keiner ist außer dem Autor/der Autorin so nah an dem Text wie der Übersetzer/die Übersetzerin. Und keiner arbeitet so intensiv mit dem anvertrauten Text, entscheidet über seine weitere Gestaltung.

Es ist eine wunderschöne Arbeit, auch wenn wir (und hier verwende ich den Plural ganz bewusst) immer mal wieder laut fluchen, sei es über den Zeitdruck, über die zu geringe Bezahlung, über die fehlende Beachtung und Wertschätzung unserer Arbeit. Denn wenn wir allein mit dem fremden Text am Schreibtisch sitzen, ohne jede Störung von außen, ohne andere Reize als die Worte und wir, dann entsteht etwas Magisches (oder klingt das jetzt zu kitschig?), im besten Fall ein Sog, plötzlich verstehe ich bis ins Innerste, was der Autor/die Autorin mitteilen will, kann es nachvollziehen, werde es nachvollziehen, ihm eine neue Bühne geben in einer neuen Welt.

Der Atem der Kunst
Essay und Gedichte
von Christine Geweke

Laut Aristoteles gehören Freiheit und Muße zur Produktion der Kunst und ihrer Wirkung, eine bedachtsame Anwendung der Zeit, eine Tätigkeit, die in sich selbst sinnvoll ist. Sie ist eine wahre Kunst, wenn sie sich in den gemeinschaftlichen Kreis der Religion und Philosophie gestellt hat.

Für mich stellen sich die Fragen: „Kann die Kunst zum Frieden beitragen?" und „Welche Bedeutung hat Lyrik im künstlerischen Schaffen?

Kunst bedeutet für mich als Künstlerin einatmen und ausatmen: Leben. Jede Künstlerin ist eine Beobachterin ihres Atems, ihrer Zeit. Die Künstlerseele will sich selbst heilen, den Frieden in sich spüren, das Leid der Welt aushalten und sich mitteilen. So entsteht Kunst, die einen Hauch Frieden in die Welt bringt. Atmen heißt Luft bewegen, 23000-mal täglich. Die Kunst kann zum Nachdenken anregen, Fragen ausatmen: „Ist Frieden möglich und wenn ja, warum?" Kunst sollte im besten Fall eine Gabe sein, in die Zukunft schauen zu können. Der Künstler muss allein dieser Bestimmung folgen auf seine ureigenste Art. Kunst ist nicht zu trennen von dem eigenen Leben, da es kein Beruf ist, sondern eine Berufung. Ja, Künstler sollten Philosophen sein. (Freunde der Weisheit)

Aber wer kann die Kunst bewerten? Die Kunst ist ein Freigeist und gehört nur sich selbst. Mein Bildhauern ist eine andere Art der Meditation: Schlag für

Schlag wird sich der Geist beruhigen und sammeln. Gedichte zu schreiben ist ein Eintauchen in die eigene Seele. Es macht kreativ, regt das Denken an. Ein Gedicht ist die schönste Form der Literatur. Große Dichter und Dichterinnen wie Johann Wolfgang von Goethe, Heinrich Heine, Hilde Domin, Nelly Sachs, Ingeborg Bachmann, Rilke und Hesse sind für mein kulturelles Bewusstsein prägend. Sie tauchen ein in meine schöpferischen Prozesse. Die Dichterin in mir gestaltet kunstvoll mit Sprache einen Inhalt, die Bildhauerin in mir gestaltet kreativ mit visionären Gedanken eine Skulptur. Über die Form geht es zum Inhalt: Form gegen Farbe für eine Kultur des Friedens.

Die Hauptaufgabe einer Künstlerin sehe ich im ganzheitlichen Leben und Denken, im prophetischen Träumen von Frieden und Gerechtigkeit. Das Wesentliche in Gesellschaft und Kultur in ihrer Zeit künstlerisch zu verarbeiten, die schöpferischen Gedanken fließen zu lassen und die Welt neu zu gestalten. Es gibt keine Trennung von Leben und Kunst. Alles ist möglich in der Unabhängigkeit als Künstlerin: das Malen, das Bildhauern und das Schreiben - als Hilfestellung beim Bilden der eigenen Persönlichkeit. Auf dem Weg zum Frieden mit dem Atem der Kunst.

In diesem Sinne möchte ich die Anfangsworte von Martin Dieckmann wiederholen: „Wenn es einen Menschen gibt, der das lebt, was ein großer Künstler einmal gesagt hat, dann gilt das für Emina – die Frau, die Künstlerin, den Menschen: Das Atelier findet zwischen den Menschen statt."

der friede ein flüchtling

frieden. er versteckt sich im wald
ist kein einzelgänger wie du
zum affen wurde er gemacht
sein fell weich flüchtig schwarz-
grau wie deine augen in der nacht

ein dunkler streifen bricht jede stirn
in allen höhenlagen halten sie sich auf
traumäugig auf das mondlicht angewiesen
folgen sie deinen schlaflosen augen

im frieden gibt es keinen tag-nacht-rhythmus mehr
es ist wie wachträumen. am tage, da fordern
bizarre feindbilder immer neue kriegsschauplätze
(die ungläubige form von wahnsinn im menschsein)

doch wenn der glaube an frieden ausgehungert
und meine kunstwerke zum fürchten - blutrot
dann flüchte ich mit den aktiven nachtaffen
baue flüchtlingslager im gerodeten wald

beschwörung

im buch der schatten der friede
löst sich im licht und lallt
lichtmüde als schlafe er noch
im graben der waffenstillstand

sonne zählt nicht. ihr schatten löst
sich nicht haftet an öl wind und
blut. ohnmacht und zeit die feinde

rüttel und schüttel male
und rede - schweige nicht im gold

die künstlerseele spricht …

meine seele wacht | ich bin
der geburtshelfer der sterne
tanze mit der digitalen zeit

wozu der mensch bereit
zur erhaltung der macht
welt zum schweigen bracht'
vor meinen augen universen
bereiste monde
planeten ohne geheimnisse

immer noch von der sonne
geliebt doch roboter nun
meine bilder malen

satellitensonnenaufgänge
die vernetzung vorantreiben
simulationen der zeit

die digitale kommunikation
eine neue kunstform
meine seele bereit

peking, kulturaustausch

durch einen dicken schleier bewacht der
sommer seine stadt | nur zum schein
himmlischer frieden - in feinstaub verwebt
die verblühte luft der wilden aprikosen

wir überlebenden treffen uns im schutz der
großen mauer seelennackt mit einer sprache:
kunst | zeitgenössisch werden die toten
generäle an den wänden im fürstenpalast mit
blauem tuch verhangen und paradoxen bildern

im gästehaus schlafen wir bis der große sturm
kommt, den niemand kommen sah und alle
bilder wie von geisterhand zusammentrieb | nun
sind die toten wieder sichtbar auch die steinfrucht

Zur Jugendarbeit von Emina Čabaravdić-Kamber in Bosnien und Herzegowina

von Heinrich Stricker

„Wenn die Jugendlichen einen Text verfassen oder ein künstlerisches Bild gestalten", sagt Emina Č. Kamber, „dann vergessen sie, ob sie Gordana oder Emina heißen. Die ethnische Zugehörigkeit spielt keine Rolle mehr, stattdessen entdecken sie etwas anderes, nämlich ihre eigene Identität."

Emina Č. Kamber gibt den Jugendlichen in Bosnien und Herzegowina durch Literatur und Kunst ein Medium an die Hand, mit dem sie sich selbst ausdrücken, ihre Probleme, Wünsche und Fantasien in Wort und Bild umsetzen können. Sie lernen dadurch, sich mit ihrer Umwelt auseinanderzusetzen, gewinnen Selbstvertrauen und Selbstbewusstsein und finden Wege, wie sie ihre Träume trotz aller Schwierigkeiten realisieren können.

Dabei ist es gar nicht so leicht, Jugendliche dahin zu bringen, dass sie literarische Texte verfassen oder Kunst gestalten. Die langjährige Leiterin entsprechender Kurse und Werkstätten besitzt die bewundernswerte Fähigkeit, auf junge Leute zuzugehen und sie nach kürzester Zeit zu motivieren, auf vielfältige Weise kreativ zu werden. Sicher liegt es daran, dass sie selbst eine hoch begabte Künstlerin und Schriftstellerin ist und bewusst diesen Weg in ihrem Leben gewählt hat.

Mit dem Goethe-Institut in Sarajevo hat Emina Č. Kamber, unterstützt auch von der Edmund Siemers-Stiftung, mehrere erfolgreiche Jugendprojekte durchgeführt, die, wenn man an sie zurückdenkt, eigentlich nur durch die Persönlichkeit der Deutsch-Bosnierin so erfolgreich wurden. Beim Jugendliteraturprojekt „Nachbarn" hat sie Schülerinnen und Schüler über das Thema Nachbarschaft schreiben lassen, und in dem Schreibprozess für Teilnehmende aus ganz Bosnien und Herzegowina sind wie von selbst Vorurteile verschwunden und stattdessen bewegende Texte von Zusammenleben und Gemeinsamkeit entstanden. Bei dem Projekt „Zwei Schulen unter einem Dach" ging sie an solche Schulen, die nach Ethnien getrennt waren, und hat dort gezeigt, dass Kunst und Literatur für alle gemeinsame Ausdrucksmittel sind und dass durch die gemeinsame Beschäftigung mit ihnen Gegensätze verarbeitet und überwunden werden können.

Natürlich tritt vor allem in den literarischen Texten der jungen Leute auch die harte Realität des heutigen Bosnien und Herzegowina zutage. Die heranwachsende Generation hat es heute, obwohl der Krieg schon seit vielen Jahren vergangen ist, nicht leicht voranzukommen, eine gute Ausbildung zu erhalten und später einen Arbeitsplatz zu finden. Aber die kreative Tätigkeit, mit der sie Emina Č. Kamber vertraut macht, zeigt ihnen, dass sie Talent besitzen und weist manchem vielleicht den Weg in eine Zukunft, in der sie oder er dieses Talent nutzen können.

Allein schon die Tatsache, dass die Texte und Bilder veröffentlicht werden, dass darüber zum Beispiel in

Schulen oder bei Lehrerseminaren diskutiert wird, gibt den jungen Autorinnen und Künstlern einen gewissen Stolz und mit ihren ersten eigenen Werken auch vielleicht eine „Visitenkarte", die sie ihren Förderern vorlegen können. Die Jury der Sarajevoer Buchmesse jedenfalls hat den hohen Wert der Publikation „Zwei Schulen unter einem Dach" (Tuzla 2015) erkannt und Emina Č. Kamber und den beteiligten Schülern den begehrten Sonderpreis der Buchmesse zugesprochen, wodurch das Werk zu Recht auch einer breiteren Öffentlichkeit bekannt gemacht wurde.

In der wirklich erstaunlichen Dokumentation sind Beispiele von Texten und Bildern versammelt, die in den Schreib- und Malworkshops von Emina Č. Kamber in Bosnien und Herzegowina entstanden sind. Hinzugefügt wurden Dokumente, die die außerordentliche Wirkung dieser Jugendarbeit vor Augen führen (auch ein paar Texte von Emina Č. Kamber und Texte von Freunden sind darunter gemischt). Man kann die Texte lesen, die Bilder betrachten, man kann aber sicher noch vieles andere damit machen. Besonders im Unterricht lassen sich die Materialien mit großem Gewinn einsetzen. Dass die Werke von Jugendlichen stammen, macht sie für Gleichaltrige besonders spannend.

Für das Goethe-Institut in Sarajevo war die Zusammenarbeit mit Emina Č. Kamber sicher von Anfang an ein Glücksfall. Auf ihren außerordentlichen Rapport bei jungen Deutschlernern, gerade auch im schwierigen Alter der Pubertät, wurde schon hingewiesen. Es versteht sich, dass Emina Č. Kamber auch von den Eltern der Jugendlichen sehr geschätzt wird (und die Eltern spielen ja, was für das Institut nicht unwichtig ist, bei der Sprachenwahl eine wesentliche Rolle).

Nicht zuletzt ist Emina Č. Kamber ein unschätzbarer Partner des Goethe-Instituts, weil sie in einem ethnisch weiterhin zerrissenen Land auf überzeugende Art integrativ wirkt. Man spürt dies besonders bei den alljährlichen Deutschlehrertagen, wo Unterrichtende aus allen Landesteilen versammelt sind. Emina Č. Kamber war in den letzten Jahren immer beteiligt, hat Workshops für Lehrkräfte abgehalten, sie ebenso zum Schreiben von Gedichten, Erzählungen, Märchen angeregt wie die Schülerinnen und Schüler. Die Verbindung von Sprache und Literatur war für sie immer ein zentraler Aspekt. Und an den Abenden hat sie die Sevdahs, die traditionellen, gefühlvollen Lieder gesungen – Emina ist auch, was nicht alle wissen, eine sehr talentierte Sevdah-Interpretin und hat ein zauberhaftes Album mit Aufnahmen von Sevdahs und Gedichtrezitationen herausgebracht - , hat alle zum Kolo, zum Rundtanz ermuntert und auf diese Weise die manchmal durchaus „fremdelnden" Lehrkräfte aus verschiedenen Ethnien wieder zusammengebracht. An ihrem speziellen Attribut, der schwarzen oder roten Baskenmütze, war und ist sie schon von Weitem zu erkennen, und natürlich ist diese Baskenmütze auch ein bosnisch-herzegowinisches „Thema", weil sie im Sozialismus den Fez ersetzt hat.

Wir vom Goethe-Institut wünschen der kreativen und segensreichen Tätigkeit von Emina Č. Kamber weiterhin viel Erfolg.

Aus Hamburg kamen gute Menschen

von Fata Seferović

(Mutter von Edina S., siehe Gedichte von Jugendlichen)

Trotz allem, was uns passiert ist, habe ich immer wieder gesagt: „Es werden bessere Tage kommen." Für mich persönlich war das gar nicht so wichtig, besorgt war ich um meine beiden Kinder, Edina und Kenan, die, wie alle bosnischen Kinder, sehr viel im Krieg durchgemacht haben. Meine Kinder sind für mich das größte Licht der Welt. Am wichtigsten war für mich, dass meine Kinder aus dem Trauma wieder zum normalen Leben finden, dass sich sich in einer schönen Welt wiederfinden, in einer positiven. Und es geschah, als hätte Jemand die Stimme meiner Seele gehört.

Aus Hamburg kamen gute Menschen, humane Menschen.

An der Spitze Emina Čabaravdić-Kamber. Sie eröffnete in Kakanj eine Malschule, die für meine und die anderen Kinder wie ein Gottesgeschenk war. Meine Kinder haben alle schlechten Erinnerungen an den Krieg und die Traurigkeit mit schönen Malfarben getauscht. Ich als Mutter merke, dass die Kinder nicht mehr über den Krieg reden, sondern sie unterhalten sich über die Farben. Welches Gelb ist für die Sonne am schönsten, und welches Rot soll man hinzufügen, damit die Sonne glücklich wird, so wie die Kinder, die diese Schule besuchen.

Wenn diese Schule, um Gottes Willen, zugemacht wird, dann denke ich, dass die bosnischen Kinder wieder mit schwarzer und grauer Farbe anfangen werden zu malen. Ich hoffe, dass es nicht dazu kommen wird. Nein, denn humane Menschen werden helfen, dass dieses „Gut" erhalten wird. Wir sollten alle diese Schule unterstützen und nicht die Kinder in den Abgrund treiben.

Oder, wie Fatima Hajro, auch eine Mutter, sagt: „Heute wissen wir, welche Bedeutung Eminas Arbeit hat. Die Kinder kommen lieber zum Unterricht, statt ihre Zeit auf der Straße zu verbringen."

Jugendliche Blütenlese
Ausgewählte Texte der Werkstattarbeit mit Schülerinnen und Schülern in Bosnien

Mit eigenen Händen
Von Adna Dajdžić, 18 Jahre

Im Leben macht man viele Erfahrungen, gute sowie schlechte. Sie formen uns und unsere Eigenschaften. Wir können nicht vorhersehen, was als nächstes passieren wird. Wir können nicht in die Zukunft sehen, aber wir können sie beeinflussen. Mit jedem Schritt, den wir machen, gestalten wir uns einen eigenen Lebensweg. Es ist sehr wichtig, dass wir rechtzeitig lernen, gut von schlecht zu unterscheiden, weil jeder Schritt große Auswirkungen haben kann.

Viele Male war ich verloren, als ob ich nicht wüsste, was ich als nächstes tun soll. Ich dachte, es gibt keinen Ausweg. Ich war umgeben von Menschen, dennoch fühlte ich mich einsam. Trotz allem habe ich nicht aufgehört zu kämpfen. Ich habe erkannt, dass *ich* diejenige bin, die alle Entscheidungen trifft. Also entschied ich mich, alle schlechten Zeiten zu vergessen und glücklich zu sein. Ich strengte mich an und ging als Sieger aus dem Kampf hervor. Ich wurde klüger und stärker. Ich erkannte, dass gute Dinge nur passieren, wenn wir positiv denken. Das ist gleichzeitig mein Lebensmotto. Mein Wunsch ist es, viele schöne Momente mit den Menschen, die ich liebe, zu schaffen, und alle diese Momente zu genießen. Ich möchte meine Ziele erreichen und meine Träume verwirklichen.

Ich versuche jemand zu werden, von dem man später sagen kann: „Sie hat ihre Träume mit eigenen Händen verwirklicht." Ich versuche den Menschen in Erinnerung zu bleiben, aber am meisten will ich ein guter Mensch sein, weil dies in der heutigen Welt offenbar am schwierigsten ist. Die Welt ist böse und in so einer Welt ist nicht die Kraft des Körpers, sondern die Kraft des Geistes wichtig. Wie geistig stark wir sind, zeigen wir dann mit unseren Handlungen und Meinungen. Gleichzeitig lernen wir, das Leben zu genießen, bevor es zu spät ist.

Opa Aufbau
von Emina Hadžialić, 15 Jahre

„Im Leben darfst du nie stehen bleiben, es muss und wird immer besser werden", sprach zu mir mein Opa. Er erzählte die schönsten Geschichten. Ein großer alter Mann, der seine Tage neben der Aufbau-Brücke, unter dem Nussbaum sitzend, auf den Fluss und den grünen Wald schauend, verbrachte. Ich saß oft auf seinem Schoß, und er erzählte und erzählte.

Eines Tages fragte ich ihn: „Opa, wer ist älter, du, der Nussbaum oder die Brücke?"

Er liebkoste meine Haare und fing an, eine Geschichte zu erzählen, die nicht aufhört, wie auch dieser Fluss unter der Brücke nicht aufhört zu fließen.

„Ein *Stećak* ist älter als ich, älter als der Nussbaum, und auch älter als die Brücke. Ein *Stećak* ist ein heiliger Stein unserer Vorfahren, auf den sie ihre Geschichten und Wahrheiten über sich, aber auch über uns geschrieben haben. Der Nussbaum und ich sind beide gleichaltrig, denn mein Vater hat ihn gepflanzt am Tag meiner Geburt.“

„Und die Brücke, Opa?“

„Die Brücke ist ein Teil von mir“, sagte er.

Ich habe das nicht verstanden. Ich wusste, dass sie Aufbau-Brücke genannt wurde, aber ich wusste auch, dass es noch eine Aufbau-Sackgasse, Aufbau-Mühle und eine Aufbau-Quelle gibt. Mein Opa hat mir vieles erzählt, über die Bogumilen, über die Stadt Bobovac, über die Fürstin Milica, über den Fürst Radak und seinen Fels, aber das Wort *Aufbau* hat er mir nie erklärt.

Mein Opa hat viele Kriege gewonnen. Er hat aber noch einen erlebt. An diesem Tag waren wir alle in einem Luftschutzkeller, nur der Opa blieb im Garten sitzen. In der Nähe ist eine Granate eingeschlagen. Alle haben geschrien. Ich bin aus dem Versteck herausgelaufen, um Opa zu suchen. Und meinen Opa, meinen Opa sah ich, wie er in Richtung der Aufbau-Brücke ging. Sein Gang war sehr schwer. Ich habe ihn erreicht.

Er nahm meine Hand, atmete tief ein, blieb stehen und mit der anderen Hand mein Haar liebkosend, mit Augen voller Tränen und mit einer angeschlagenen Stimme sagte er zu mir. „Die Brücke ist verletzt, der Nussbaum ist verletzt und meine Seele ist verletzt.“

Ich schaute in die Richtung der Brücke und sah, dass die Aufbau-Brücke zerstört und der Nussbaum umgestürzt war.

„Aber der *Stećak*, Opa, der *Stećak* ist geblieben! Ich werde die Aufbau-Brücke wiederaufbauen, Opa. Der Nussbaum wird wieder groß werden, denn die jungen Triebe des Baumes sind geblieben."

Der Opa neigte sich nach vorn, warf sich auf die Knie, als wollte er beten, küsste mich und fiel in Richtung Aufbau-Brücke auf den Boden. Das war der letzte Krieg meines Opas. Er hat ihn nicht überlebt. Aber in diesem Krieg ist mein Opa doch der Gewinner.

Ich bin hier geblieben. Seine Enkelin. Jetzt erst habe ich die Wahrheit, die auf dem *Stećak* eingraviert war, verstanden. „Hier ruht ein guter Mann, hier ruht ein guter Kämpfer."

Einige Zeit nach dem Tod meines Opas hörte ich das Flüstern des Rades von der Aufbau-Mühle, hörte ich das Rauschen des Wassers aus der Aufbau-Quelle und in den Aufbau-Gassen und auf der Aufbau-Brücke hörte ich Liebeswörter der Verliebten.

„Im Leben darfst du nie stehen bleiben", sagte oft mein Opa.

Deswegen haben sie meinen Opa Aufbau-Opa genannt.

Diese Wahrheit hat mir meine Mutter auch bestätigt. Der Nussbaum hat seine jungen Zweige zurückgelassen, der Opa hat mich als seine Enkelin zurückgelassen, ich werde das alles wieder aufbauen. Es wer-

den wieder: der *Stećak*, der Nussbaum und die Aufbau-Brücke zusammen sein.

Bosnien wird es immer geben.

Aus: DANI EVROPSKOG NASLIJEDA - Mladi i
naslijede IZLOŽBA UČENIKA OSNOVNIH I
SREDNJIH ŠKOLA. (Jugend und Erbe, Tage des
Europäischen Erbes, Sarajewo 1999)
Übersetzung: Emina Kamber

Anm. d. Hrsg.: Ein Stećak (vom urslawischen Verb stojati
= *aufrecht stehen), Plural* Stećci, *ist ein mittelalterlicher
Grabstein einer bestimmten Form, den man häufig in der
Herzegowina, Südbosnien und angrenzenden Teilen Dalmatiens und selten in weiter entfernten Regionen Kroatiens, Ser-
biens und Montenegros findet. Mehr als 58.000 Stećci sind
heute verzeichnet, von denen viele auf das 14. und 15. Jahrhundert datiert werden. In der Herzegowina finden sich bei
Stolac (Gräberfeld Radimlja), in der Nähe des Blidinje-Sees
sowie in der Gegend von Gacko besonders viele derartige
Grabsteine. Im Jahre 2016 wurden die Stećci in die Liste des
UNESCO-Welterbes aufgenommen.
Bei den Stećci waren zwei Formen gebräuchlich: Platten, wie
sie auch in anderen Regionen Europas zu finden sind, und
aufrecht stehende Blöcke, wie sie vor allem in Bosnien vorkommen. Fast 6.000 sind mit Flachreliefs verziert, die
menschliche Gestalten zeigen. Häufig sind Szenen aus dem
Alltag, der Jagd oder von Ritterspielen sowie Symbole wie
Kreuze oder Halbmonde auf diesen abgebildet. Manchmal
sind sie zudem mit Inschriften in der Schrift Bosančica verse-
hen. Ein Beispiel: „Bitte störe mich nicht, ich war wie du und
du wirst wie ich sein."
(Quelle: Wikipedia)*

Wir Studenten dulden am meisten
von Admir Hadžić

Ich bin Admir Hadzić. Geboren am 28.10.1989 in
Kakanj, wo ich auch heute lebe. Ich studiere Jura in
der Stadt Zenica und bin in dem zweiten Jahr des
Studiums. Da ich es nicht geschafft habe, den normalen Studienweg zu gehen, habe ich mich entschlossen, das Fernstudium zu besuchen, was zum
Teil privat finanziert wird. Dadurch ist meine Familie in finanzielle Probleme geraten. In den zwei Jahren meines Fernstudiums bin ich mit dem Zug von
Kakanj nach Zenica gependelt, Tag für Tag, weil
meine Eltern nicht in der Lage waren, für mich ein
Zimmer in dem Studentenheim zu bezahlen. Die
Mietkosten sowie die Verpflegung sind die Haupt-
probleme vieler Studenten.

Die unmögliche Unterbringung in der Stadt, in der
du studierst, hat zur Folge, dass du keine Kraft sowie
keinen Willen fürs Lernen hast. Psychisch gehst du
zugrunde. Die finanzielle Lage macht dich fertig.
Außer diesen Problemen in den Familien, macht uns
Studenten auch unser Staat krank. Gehört habe ich,
dass die Medizinische Fakultät in Sarajevo wieder das
Studiengeld erhöht hat. Also, das Studentenparla-
ment als legitimer Vertreter aller Studenten findet die
Entscheidung des Staates nicht gerecht und sehr
unmoralisch gegenüber den jungen Menschen und
ihren Familien. Diese Entscheidung führt nicht zur
Qualität des Lernens und erst recht nicht zu Erleich-
terungen für die Studenten. Hiermit mochte ich zum
Ausdruck bringen, dass Studieren in Bosnien und
Herzegowina ein Privileg für die Reichen geworden

ist und damit vielen ärmeren jungen Menschen, die lernen möchten, ein Studium verweigert. Diese korruptive Politik führt uns in ein Chaos.

Täglich finden Studentenproteste sowie Demonstrationen statt. Während die Politiker und die Reichen das Leben genießen, müssen wir, „das einfache Volk" und die betroffenen Studenten hungern und kämpfen um ein besseres Morgen, was eine reine Utopie in Bosnien ist. Alles führt zu einem magischen Kreis. Wir Studenten dulden am meisten. Schon bei den Aufnahmeprüfungen leiden viele betroffene Studenten unter Magenschmerzen sowie Durchfall, ruinieren ihre Gesundheit unter dem Druck der Korruption.

Die Reichen machen sich keine Gedanken darüber, ob ihre Kinder die Aufnahmeprüfung schaffen oder nicht. Die Diplome werden nach einigen Jahren gekauft und diese Studenten sind sich ihres Arbeitsplatzes sicher. Damit fangen neue Probleme an, für mich und alle anderen betroffenen Studenten sowie für unsere Eltern. Was passiert mit uns, die aus vier- bis fünfköpfigen Familien kommen, wo möglicherweise nur der Vater einen Job hat? Wir kämpfen, dulden. Wir kommen täglich zu Vorlesungen, unwichtig unter welchen Wetterverhältnissen, rennen hinter den Professoren her, damit sie unsere Noten in den Index reinschreiben. Wofür? Um morgen mit dem Magistertitel auf der Straße ohne Arbeit zu sein? So sieht die Lage in Bosnien und Herzegowina aus.

Täglich konfrontieren wir uns mit dem frustrierten Personal an der Uni, weil sie keine Lust auf ein weiteres Leben haben und ihre Unzufriedenheit an uns auslassen. Dadurch verlieren die Studenten den Willen weiter zu studieren, sich zu behaupten. Ein Problem haben wir, was unsere Lehrbücher betrifft. Die Professoren zwingen uns ihre Sachbücher zu kaufen, denn nur ihr Lehrmaterial wird für die Prüfungen zugelassen. Ich habe mich mit den Studenten anderer Fakultäten und Universitäten in Bosnien unterhalten. Überall herrscht gewaltige Korruption. Wenn die Professoren nicht die Bücher verkaufen, dann lassen sie sich die Zulassung für die Prüfung bezahlen. Wenige Studenten erreichen ihr Diplom auf dem ehrlichen Weg. Gerade die haben später große Probleme, einen Job zu bekommen, weil sie ihren Arbeitsplatz nicht bezahlen können.

Eine Korruption herrscht im Land
von Adnan Đider

Es gibt so vieles, worüber ich schreiben könnte, so vieles was mich hindert, über meine Zukunft nachzudenken. Sich als Einzelgänger gegen das System, in dem ich lebe, zu stemmen, könnte mir zu einem Verhängnis werden. Die Politiker haben uns durch den Krieg zur sogenannten "Demokratie" geführt und uns, nach so vielen schweren Jahren, an den Rand des menschlichen Verstandes gebracht, wodurch uns Jugendlichen das Leben unerträglich gemacht wird. Unsere Eltern haben uns so erzogen, dass wir durch das Lernen ein besseres Leben haben sollen als das, was sie selbst in der Zeit des Krieges durchmachen mussten.

Geboren bin ich in dem Wirbel des Krieges. Meine frühe Kindheit war von Granaten gekennzeichnet. Erlebt habe ich die ersten Traumata, die Angst, meine Eltern zu verlieren. Heute bin ich Student an der Industriefakultät in Sarajevo. Nach der Beendigung des Krieges als Sechsjähriger haben mich die Zeichentrickfilme fasziniert, die in deutscher Sprache, durch die deutschen TV-Sender bei uns zu sehen waren. Das war meine erste Begegnung mit der deutschen Sprache und die ersten deutschen Wörter waren später meine Grundlage für diese Sprache.

Als Teta Emina zum ersten Mal nach dem Krieg zu uns nach Bosnien kam und eine Mal- und Schreibschule eröffnete, war ich von den 38 Anfängern dieser Schule der einzige, der die deutsche Beschreibung von Farben sowie einige deutsche Texte meinen Mitschülern übersetzen konnte. Darauf war ich sehr stolz. Meinen ersten Brief auf Deutsch habe ich an eine humanitäre Organisation geschrieben und um einen kleinen Hund als Spende gebeten. Dieser Brief hat mir den freien Weg in die deutsche Sprache ermöglicht.

Den Hund habe ich nicht bekommen, aber den Kontakt zu dieser Familie pflege ich heute noch. Im Rahmen unserer Textildesignschule hat Teta Emina auch eine Schreibschule gegründet. In der Zeit, in der Teta Emina in Hamburg war, wurde der Deutschunterricht von einer Germanistikstudentin, Edina Seferović geleitet. Diese Schreibschule hat mir viel gegeben, so dass ich heute ohne Probleme deutsche Zeitungen lesen kann. Meine Eltern bemühten sich, trotz ihrer finanziellen Probleme, mir die beste Ausbildung für meine weitere Zukunft zu ermöglichen. Sie schickten mich auf die Maschinenbau-Fakultät nach Sarajevo. Manchmal sehe ich heute noch, dass meine Mutter abends nicht schlafen kann, bis in die tiefe Nacht auf dem Sofa im Dunkeln sitzt und nicht weiß, wie sie mir am nächsten Tag für das Studium Geld geben kann. In meiner Familie hat das Geld nie eine wichtige und große Rolle gespielt, aber in dieser Situation ist es notwendig, welches zu haben, um in unseren Wünschen und Träumen zu überleben. Ich habe nie das Unmögliche von meinen Eltern verlangt, aber auch das Wenige, was ich brauche, ist für sie ein großer Happen. Meine Mutter war gezwungen, einen Kredit für mein Studium aufzunehmen

Da ich in dem ersten Studienjahr bin, ist es schwer, ein Stipendium zu bekommen. Erst nach dem sechsten Semester besteht die Möglichkeit, von einer Waffenfabrik ein Stipendium zu bekommen, aber das möchte ich nicht.

Konversation in Deutsch
von Berina Čehajič

Wir beiden Schwestern studieren und leben zusammen in einem 15-qm-Zimmer eines Studentenheimes in Sarajevo, teilen eine Toilette sowie ein Bad mit der ganzen Wohnebene. Mein Bruder geht noch in die Schule. Das Studentenheim ist günstiger als eine Privatunterkunft, trotzdem mussten sich unsere

Eltern von vielen Wünschen trennen, um uns Kindern eine gute Ausbildung zu ermöglichen.

Zur Zeit bekomme ich kein Stipendium. Während Sie jetzt das lesen, würden Sie denken, ich sei ein faules Mädchen, das auf Kosten ihrer Eltern lebt und das nicht arbeiten will. In den Sommerferien, die in Bosnien drei Monate dauern, versuche ich laufend irgend einen Job zu finden, aber vergebens. In Sarajevo sowie in meiner Stadt Kakanj gibt es kein Studentenbüro für Studentenjobs.

Mein Wunsch ist es, mit Hilfe der Edmund-Siemers-Stiftung einen Job zu finden in einem Land, wo Deutsch gesprochen wird. Wenn ich mit meinem Studium sowie mit dem Magister fertig bin, dann versuche ich mein Studium in Deutschland fortsetzen. In diesem Jahr habe ich Deutsch belegt und versuche meine Konversation in Deutsch zu vertiefen.

Die großen Augen der Kinder
von Munira Karahodžić

Ich erinnere mich nicht an den Krieg. Die Menschen erzählen, dass es im Jahre 1993, in dem ich die erste Luft eingeatmet habe, am schlimmsten war. Und es wird erzählt, dass wir eine Kunst besitzen zu kämpfen und wissen nicht mal wofür. Kämpfen zu können, geht uns unter die Haut, und diese Last lässt nicht nach. In der schrecklichen Kriegszeit hatte das Volk zwei Ziele vor sich: zu überleben und Frieden zu erreichen. Und als der Krieg vorbei war, kam der Frieden und um überleben zu können, kämpfen Menschen immer noch.

Und was kann ein Kind tun, das schon am Anfang seines Lebens gehindert wird, ein normales Leben zu führen? Nichts! Seine Kindheit hat schon mit dem Kampf angefangen. Der Wunsch, eine schöne Erinnerung an eine glückliche Kindheit zu haben, wurde zu einer Illusion. Der Kampf hat erst angefangen und jeder kämpft gegen jeden, einer gegen alle, alle gegen einen. Es wird erzählt, dass wir so „stark“ waren, dass wir Vergangenheit, Gegenwart und sogar die Zukunft zerstört haben, alles auf einmal. Die Zukunft hat sich immer wieder durch die Wolken durchgesetzt, und sie ist da. Wir sind zu klein, um sie zu erreichen und zu groß, um sie zu bauen. Trotzdem, wir schauen auf sie mit den großen Augen der Kinder und passen auf, dass sie uns nicht entkommt.

Ich bin das Kind einer bescheidenen fünfköpfigen Familie, die sehr viel durchgemacht hat. Seit dem Wunsch nach Milch, nach Zucker, bis zum Medizinstudium sind viele Jahre des Verzichts vergangen.

Als Kind hatte ich einen Traum. Ich stand an einer Kreuzung, fragte mich, wer ich bin, was ich werden möchte? Ich malte mir eine bunte und friedliche Zukunft, träumte davon, eines Tages zu studieren und eine gute Ärztin zu werden, träumte, dass wir Kriegskinder alle einen guten Weg finden. Ich ahnte nicht, wie hart die Gegenwart war und wie wir Kinder von der Wahrheit fern gehalten wurden. Und so hatte es angefangen.

Kakanj, meine Stadt, kann mir keine Möglichkeit geben, mich zu behaupten, aber als Kind glaubst du, alles erreichen zu können, sogar in deinen vier Wänden fühlst du eine Möglichkeit, alles erreichen zu können. Dann geschah etwas. Am Anfang der Nachkriegszeit kam Teta Emina in unsere Stadt. Ich wusste nicht, wer sie war, aber für mich verkörperte sie jemanden, der aus dem weiten Europa kam. Sie brachte uns unbekannte Farben mit, irgendwelche langen Buntstifte. Ich erinnere mich, wie wir alle, voll angemalt, versuchten, Blumen zu malen und uns zu zeichnen, wie wir spielen. Wir malten auch mit verschiedenen Pinseln und plötzlich entstanden Bilder, verpackt in einem Dreieck oder Viereck, und alles, was wir zum Erzählen hatten, war von uns in den kleinen Bildern zum Ausdruck gebracht worden.

Dann wurden die Bilder für Erwachsene ausgestellt, und wir wussten, dass die Erwachsenen nicht erblickt hatten, was wir mit den Bildern zu sagen hatten. Aber Teta Emina verstand unsere Botschaft, lehrte uns, Fantasie und Hoffnung malerisch zum Ausdruck zu bringen. Dann lobte sie uns mit einem Wort: „fantastisch". Das war unsere Flucht aus der Gegenwart, unsere Gemälde, unsere erste Begegnung mit Farben nach dem Krieg. Heute weiß ich, dass das nicht nur die Farben waren, das war die Helligkeit, mein Überlebenskampf. All das wird mich lebenslang begleiten, ich werde nur andere Farben nehmen und andere Malpinsel benutzen.

In den heutigen Jahren, in denen wir über unsere Zukunft nachdenken, sind wir immer noch in dem Dreieck und Viereck eingeschlossen, Wir rennen von einer Ecke zur anderen und malen etwas anderes, wir reparieren, bauen, und wenn wir es schaffen, fliegen wir in unseren Träumen Richtung Himmel, bis wir wieder auf die Erde zurückgeholt werden. Und so sind wir. Immer wieder am Anfang. Nach dem abgeschlossenen Abitur ist die Zeit gekommen, erwachsen zu werden, aber ich will nicht in so einer Welt erwachsen werden, in der ich keine Luft zum Atmen bekomme, in der ich nicht das werden kann, was ich möchte. Außer mir sind auch meine Schwester und mein Bruder da.

Als Kinder hörten wir von unseren Eltern oft das Wort „finanzieren", und wir wussten nicht, was das Wort bedeutet. Die Eltern erzählen uns, dass kein Geld da ist, um uns studieren zu lassen, weil die monatlichen Einkünfte minimal sind. Und so ist das Leben eines bosnischen Kindes, kein Geld für das Studium, kein Geld für die Ferien, kein Geld für Computer. Gehungert haben viele Menschen. Trotzdem, wir lieben unsere Heimat, und doch können wir nicht unser Wissen in diesem Land zeigen, müssen fort und wissen zugleich, dass uns keiner will.

Heute habe ich keinen schönen Blick auf die Zukunft, habe keine Farben, ich höre nur noch Zahlen. Jedes Mal, wenn ich die Augen zumache, sehe ich die Zahlen, die Geld bedeuten, das meine Eltern für unsere Ausbildung ausgegeben haben. Das Geld ist weg. Und dann kommt wieder ein STOP, kein Cent ist mehr da. Das Geld fließt in die Taschen der „Großen", die sich über das Geld nicht unterhalten, denn die haben es. Worte wie Not und Leid kennen die gar nicht, sie kaufen Fakultäten, kaufen das Wissen, kaufen Diplome, kaufen alles, was zu kaufen ist. Wir wollen so etwas nicht kaufen, wir, junge Menschen möchten eine Chance haben, all das zu erarbeiten auf einem ehrlichen Weg, aber diese Chance bekommen wir nicht. Und so fallen wir immer wieder in ein Loch ohne Ausweg.

Meine Träume waren unterschiedlich, Theater, Schreiben und Malen. Das Theaterspiel hatte uns innerlich beruhigt, gab uns Europa in die Hand, die ganze Welt, gab uns das Universum. Wir konnten alles spielen, jedes Theaterstück. Bewundert haben uns auch die von links und von rechts, die uns heute treten und in dem Krieg getreten haben. Wir haben gespielt und mitten in der Spielzeit stellst du fest, dass Hunderte von Augen auf dich gerichtet sind. Sie alle warten auf deine spielerische Reaktion, und du spürst innerlich, dass durch deine Venen kein Blut fließt, sondern der Traum, den dir die, die im Publikum sitzen, gestohlen haben und dann war dir nach einem Schrei zumute.

Das Geld gestaltet unsere Zukunft.

Warum?

Wenn ich einen winzigen Teil von dem hätte, was die Reichen an Geld haben, würde ich meine Träume verwirklichen können. Es ist so! Du möchtest dich verlieben, aber du darfst es nicht. Verliebt zu sein, bedeutet Liebe, Liebe bedeutet Heirat, Heirat bedeutet Kinder kriegen und dann kommt wieder STOP! Wir haben kein Geld für Kinder und ihre Erziehung. Auf der anderen Seite möchtest du dich weiterbilden, geht nicht, du hast für das Studium kein Geld. Wenn du es schaffst zu studieren, bemühst du dich nur um die besten Noten, bist bei allen Vorlesungen dabei. Doch das Geld für die Bücher deiner Professoren fehlt, denn du bist als Student gezwungen, die Bücher des jeweiligen Professors zu kaufen. Du musst dich erniedrigen lassen, bettelst bei den Professoren um ein Gespräch, hast so viele Probleme und fragst dich, wie du lernen kannst.

Wir bemühen uns, eine gute Tochter oder ein guter Sohn, eine liebe Schwester oder ein lieber Bruder zu sein, Schüler oder Student. Die Eltern schaffen es nicht finanziell, und der Staat will nicht!

Und so ist es in Bosnien. Der Krieg dauert immer noch an.

Ich erinnere mich nicht an den Krieg, aber ich würde mich an diesen Krieg von heute erinnern, an die Raffgierigen und Korrupten, denn das zu überleben, ist schlimmer als das Leben in der Hölle. Wir verlangen nicht viel, wir Kinder und Jugendlichen: Im heutigen Bosnien möchten wir gehört werden, möchten unser Wissen erweitern und unsere Rechte haben, so wie wir auch unseren Pflichten nachgehen. Wir möchten uns nicht jeden Morgen nach dem Aufstehen fragen, wie wir den Tag überleben können.

Ungebildet zu sein ist schlimm, Student zu sein ist noch schlimmer. Und uns Bosnier quält wieder das Schlimmere.

Die Realität ist bitter und klar
von Ines Selimović

Es sind viele Jahre vergangen, seit der Krieg in Bosnien und Herzegowina zu Ende gegangen ist.
Heute, nachdem alles vorbei ist, träumen wir alle von einer besseren und schöneren Zukunft. Meine Mutter sagte immer zu mir: "Du bist ein Kriegskind" und heute weiß ich, was das für mich wie auch für meine Eltern damals bedeutet hat, wie sich das auf meine Kindheit und die heutige Jugendzeit ausgewirkt hat und heute noch auswirkt. Einige Erinnerungen kommen immer wieder an die Oberfläche, beeinflussen mein Leben negativ.

Heute bin ich 18 Jahre alt. Ich habe das Abitur in meiner Geburtsstadt Kakanj (wo ich heute lebe) beendet und in diesem Jahr werde ich zum Studium nach Sarajevo gehen. Mein größter Wunsch w#re es gewesen, Fotografie zu studieren. Mit sieben Jahren habe ich bei Teta Emina gelernt, was Kunst bedeutet und wie man sich der Kunst nähert. Die Farben haben mich fasziniert, so dass ich sehr früh in das Geschehen des Bildes eingeführt worden bin. Wahrscheinlich deswegen wollte ich Fotografie-Kunst studieren, aber unsere finanzielle Situation hat mir das nicht ermöglicht.

Zusätzlich ein Studium, das bezahlt werden muss, zu machen, konnten meine Eltern finanziell nicht tragen. Danach habe ich mich entschlossen, in Sarajevo an der Philosophischen Fakultät komparative Literatur und Bibliothekswesen zu studieren. Das Studium kostet viel Geld. Mein Vater ist der einzige in der

Familie, der einen Job hat. Mit einem Gehalt ist es schwer zu überleben.

Ich würde gerne eine Arbeit finden, um meinen Eltern zu helfen. Ich weiß, wir leben nicht in der Zeit der Revolution, aber wir Studenten müssen täglich auf Barrikaden gehen, um die Korruption in unserem Land und an unseren Universitäten zu stoppen. Ich glaube, wir leben in einer Illusion, doch die Realität ist bitter und so klar ...

Minen: Der große Schrecken und besonders die Geißel der Kinder nach dem Ende des Kriegs 1996. Auch ein Vierteljahrhundert danach sind noch nicht alle Minen vollständig beseitigt.

Gedichte von Jugendlichen[1]

Murada Veispahić (die Verfasserin war zu Beginn des Krieges zehn Jahre alt)

Mein Schicksal
Die Kindheit haben sie mir geraubt
Mutter Vater umgebracht
Ich hatte so kurz gelebt
Hatte alles bewundert
Hatte nur elf Jahre
Als ich in ein Konzentrationslager kam
Und ich hatte keine Flügel
Um hinter die Berge zu fliehen
Tote Opfer schnürt
In der Dunkelheit
In der Luft
Die Angst
Mein Schmerz
Meine Traurigkeit
Lang wie ein Jahr
Und ich hatte nur elf Jahre gelebt

Mutter
Dunkler Graben
Ausgehoben
Ein Foto in der Hand
Schmerz wie Salz auf einer Wunde

[1] Werkstattarbeit in Bosnien: ausgewählte Lyrik aus der Dokumentation „Wenn die Granaten fallen, bleibt dein Herz stehen", a.a.O.

Dunkler Graben
Ausgehoben
Mutters Herz
Hört nicht auf
Zu schmerzen

Das ist nicht mein Land
Edina Seferovič, 13 Jahre

Das ist nicht mein Land
Meine Augen sind traurig
Das ist, mein Freund, dein Land
In meines kehre ich erst zurück

Die Mörder zerstören mein Land
Mein Ein-und-Alles zerstören sie
Vergieße bitte einige Tränen
Denn darüber bist auch du nicht glücklich

Mein Freund, erlaube niemals
Dass dein Land zerstört wird
Das Herz schmerzt um die Heimat
Denn die Heimat wird geliebt

Die Lichter gingen aus
Dana Jašarspahič, 12 Jahre

Die Lichter gingen aus
Es wurde dunkel
Wir liefen alle in den Keller

Es wurde Krieg
Die Tränen auf unseren Wangen
Rannen in die dunkle Nacht
Wir suchten ein Zeichen des Lichtes
Aus Angst konnten wir nirgendwo hin

Es waren nur Schüsse zu hören
Von den Angreifern auf unser Land
Auf unser schönes Bosnien
Vom Blut unserer Soldaten getränkt

Niemand soll mir den Krieg erwähnen
Beina Cehajić, 11 Jahre

Niemand soll mir den Krieg erwähnen
Die Zukunft soll mir die Hand reichen
Die schreckliche Erinnerung soll aufhören
Durch die Schönheit der Welt ersetzt werden
Wenn die Granaten fallen
bleibt dein Herz stehen
„Großes Unheil", sagen sie uns
„Wir werden Wache halten"

Von niemandem ist die Stimme zu hören
Sogar die Hunde bellen nicht
Nur die Blicke kreisen stumm
Verdammen die Angreifer
Die Worte bleiben aus
Nur noch einmal erleben
Unbeschwert ins Bett zu gehen

Zwei Schulen unter einem Dach: Identität

Textbeispiele aus dem gleichnamigen Jugendprojekt: Literarische und künstlerische Wege zur gemeinsamen Identität, Projektleitung Emina Kamber, in Zusammenarbeit mit dem Goethe-Institut in Sarajevo, 2015. Einige Zitate werfen zunächst Schlaglichter auf das Denken und Fühlen der Jugendlichen, dann folgen ausgearbeitete Betrachtungen.

(Anm. d. Hrsg.: Der Titel nimmt Bezug auf den Umstand, dass an einigen Schulen in Bosnien ein getrennter Unterricht für muslimische und katholische Schüler stattfindet. Rund fünfzig solcher segregierten Schulen gibt es immer noch in Bosnien. Nicht zufällig befinden sie sich alle in Regionen, wo im Krieg erbittert gekämpft wurde.)

Vier Statements zur Identität:
„Meine Identität lebt im Dunkeln, weil sie dort einen Stein gefunden hat, denkend, er sei die Sonne." (Senad Milanović, 18 Jahre)

„Meine Eltern kommen aus verschiedenen Kulturen, Nationen und unterschiedlichen Konfessionen. Wir unterscheiden die Menschen nicht nach ihrem Glauben, wir unterscheiden sie nach ihrem Charakter und ihrer Meinung." (Kristina Kostreš-Velimir, 15 Jahre)

„Lange habe ich über unseren Nobelpreisträger Ivo Andrić nachgedacht: ‚Travniker Chronik‘, ‚Die Brücke über die Drina‘. Alle diese Werke haben etwas, das nur die Künstler gefühlt und verstanden haben." (Nesimi Emina, 15 Jahre)

„Über die Tradition von Bosnien und Herzegovina wird in aller Welt erzählt, weil diese Tradition authentisch ist." (Emra Zukić, 16 Jahre)

Der Bosnier und seine Identität
Armin Redžić, 16 Jahre

Als Bosnier in einem fremden Land hat man es oft nicht leicht. Ich bin in Esslingen, in Deutschland, geboren, und dann lebte ich ein paar Jahre in Stuttgart.

Ich war noch sehr klein, aber trotzdem erinnere ich mich an den Lebensstil dort. Mein Vater arbeitete oft bis tief in die Nacht, denn sie hatten viel zu tun in der Firma. Er hat sich über die Überstunden nie beschwert, weil er die Arbeit brauchte, denn er musste seiner Familie in Bosnien regelmäßig Geld schicken.

Meine Mutter arbeitete ebenfalls, aber sie hatte nur einen Halbtagsjob. Während der Stunden, in denen mein Vater und meine Mutter arbeiteten, war ich zusammen mit meinem Bruder bei meinem Großonkel und meiner Großtante, die Serbin war. Sie haben sich liebevoll um uns gekümmert. Wir fühlten uns geborgen. Meine Großtante war eine tolle Frau.

Sie war schon sehr alt, aber sie hatte so eine tolle
Ausstrahlung, und immer, wenn sie mich angesehen
hat, spürte ich ein warmes Lächeln. Oft kam die
Polizei an die Tür, und sie wollten wissen, wer wir
sind, denn auf Ausländer waren die Deutschen in der
Zeit nicht gut zu sprechen. Da unsere Großtante
schon über vierzig Jahre in Deutschland lebte, hat sie
uns immer aus der Patsche geholfen.

Heute, im Jahr 2011, kann ich mir in jedem Land frei
von der Seele schreien, wer ich bin, was ich bin und
woher ich komme. In den Ferien besuche ich gerne
meine Tante in Frankfurt am Main. Das ist eine
riesige Stadt. Ich finde es sehr schön dort. Da sind
die Leute echt nett, und keiner wird wegen irgendet-
was diskriminiert.

Das Leben kann sich von Zeit zu Zeit ändern, aber
im Herzen bin ich und bleibe Bosnier.

Meine Identität
Nejra Elkaz, 17 Jahre

Für mich ist es sehr wichtig eine Identität zu haben.
Ich trage sie mit mir, wohin ich auch gehe. Es ist
wichtig, eine Persönlichkeit zu entwickeln und sich
in der Masse der Leute zu identifizieren. Mein aller-
liebstes Fach in der Schule ist Deutsch. Ich liebe es
von ganzem Herzen: die Sprache, den Ausdruck, die
Worte.

Seit meinem sechsten Lebensjahr lerne ich Deutsch.
Es geschah damals nicht in der Schule, sondern zu

Hause. Ich habe verschiedene TV-Kanäle in Deutsch gesehen. Plötzlich habe ich alles verstanden, und ich wollte immer mehr dazulernen. In der Grundschule lernt man nur Englisch als erste Fremdsprache, aber in der Mittelschule, ab dem ersten Jahr, gibt es Deutsch.

Ich will auch eines Tages nach Deutschland gehen, um meinen Wortschatz zu verbessern und mein Wissen zu erweitern. Als ich ein kleines Mädchen war, träumte ich davon, eines Tages den Menschen etwas zu vermitteln. Ich stellte mir vor, in einer großen Schule zu arbeiten und Kinder zu unterrichten.

Ich liebe Deutschland, obwohl ich keine Deutsche bin. Das zeigt sich auch daran, dass ich bessere Noten im Deutschunterricht als in meiner Muttersprache habe. Ich mag Deutsch für mein Leben gern, und das wird auch immer so bleiben.

Manchmal ist es für mich sehr schwer
Lejla Malkoč, 16 Jahre

Manchmal ist es für mich sehr schwer über meine Identität zu sprechen. Die meisten Menschen verstehen unter dem Begriff „Identität" nur ihren Namen und allgemeine Informationen. Für mich jedoch ist meine Identität eine private Sache. Mit ihr fange ich nun meine Lebensgeschichte an.

Vor vielen Jahren lebte ich in Deutschland. Ich führte ein ganz normales Leben, und über das Glück hatte ich nie wirklich nachgedacht. Da ich in

Deutschland geboren bin und dort meine früheste Kindheit verbracht habe, empfand ich mich wie eine gebürtige Deutsche. Ich wusste zwar, dass meine Wurzeln in Bosnien waren, dass meine Eltern von dort stammen. Doch ich konnte mir eigentlich nie so recht vorstellen, in Bosnien zu leben.

Ich ging zur deutschen Schule, freundete mich mit deutschen Kindern an. Trotzdem hatte ich immer das Gefühl, dass ich aus einer anderen Welt komme. Alles in Deutschland war so bekannt, doch ich konnte mich nie so richtig einleben in dieser Gesellschaft.

Dann eines Tages sagte meine Mutter zu mir: „Pack deine Sachen! Wir ziehen weg." Auf einmal war ich sehr glücklich und erfüllt und hatte das Gefühl, dass mein Leben besser wird. Als wir endlich hierher kamen, fühlte ich mich wie in meiner zweiten Haut. Das war der Anfang einer neuen Ära in meinem Leben.

In der ersten Zeit war ich glücklich, zufrieden und in der Hoffnung, dass dieses Gefühl ewig dauern würde. Doch nach einiger Zeit änderte sich alles. Mein Glück wendete sich. Die ganze Umgebung, die Leute, alles war anders. Am Anfang war es mir egal, doch später begann ich, es zu bereuen. Das ganze Durcheinander in Gesellschaft und Politik fing an, mir überdrüssig zu werden. Alles war sehr aufbaubedürftig, die Probleme in der Wirtschaft und die ständige Angst vor dem Ausbruch eines neuen Krieges plagten uns Tag und Nacht.

Jetzt bin ich gleichgültig gegenüber allen diesen Dingen. Die ganze Unsicherheit und Trübsal sind wie vom Winde verweht. Nun lebe ich in Harmonie mit meinen Eltern, Freunden und Mitbürgern.

Alle Ursachen meiner Trauer sind jetzt verschwunden. Ich führe nun ein normales und erfülltes Leben mit meiner Familie in meiner Heimat ohne Sorgen. Aber immerhin lebt noch ein Teil Deutschlands in mir für immer. Nun lebe ich in der Hoffnung auf eine bessere Zukunft in meiner Heimat.

In mir leben zwei Menschen
Ahmed Zukić, 17 Jahre

In mir leben zwei Menschen. Der Eine ist der bescheuerte, sture, komische Bosnier. Der Andere ist ein moderner, selbstbewusster, starker Deutscher. Wenn der Bosnier ein Café betritt, dann schreit er dem Kellner bereits an der Tür seine Bestellung zu und verlangt, dass sein Getränk in wenigen Minuten auf dem Tisch steht. Fazit seines Verhaltens: Er ist ungeduldig. Der Deutsche, in jeder Situation bei sich und sich bewusst gut benehmend, blamiert sich nicht. Diese beiden Menschen leben in mir.

Sie lieben die gleichen Sachen, haben die gleichen Freunde, lieben die gleichen Menschen um sich, sie küssen das gleiche Mädchen, sie laufen zusammen und atmen dieselbe Luft durch die gleichen Lungen.

Diese beiden Menschen in mir trainieren zusammen Handball, sie sind beide faul, und sie wünschen sich, ein Hotel zu besitzen, und zwar in Lloret de Mar in Spanien, wo sie am Strand ihre Cocktails trinken können. Sie sind Anhänger von Bayern München, und für sie ist Frank Ribéry der beste Fußballspieler.

Für die beiden sind alle Frauen schön, jede von ihnen trägt etwas Besonderes in sich. Sie lieben ihre Eltern und ihren gemeinsamen Bruder, der genauso zwei Menschen in sich trägt wie sie selbst. Diese sind aber im Gegensatz zu uns sehr fleißig, lieben es zu lernen und studieren Medizin.

Meine Mutter ist eine Gynäkologin, zu ihr kommen Mädchen und Frauen, um zu erfahren, ob sie Kinder bekommen können. Drei Mal dürfen sie raten!

In Deutschland nennen sie mich Bosnier. In Bosnien nennen sie mich „Schwabo"[2]. Wir beide sind sehr glücklich miteinander, tragen zwei verschiedene Kulturen in uns, zwei unterschiedliche Welten, sind keine Feinde, sondern schreiten gemeinsam durchs Leben.

Meine Identität
Senad Milanović, 18 Jahre

Sie hat ein Bild,
An einer bunten Wand aufgehängt.
Auf dem Bild ist ein Portrait,
Gemalt mit Farben, die in der heutigen Welt
Nicht zu finden sind.
Sie lebt in einem Land,
In dem die Flüsse wild fließen,

2 Anmerkung d. Hrsg.: Schwabo, Schwabe, allg. Bezeichnung für Deutsche

Lebt in einem Land,
Das mit Omas Kelim ausgelegt -
Und sauber wie der Gebetsplatz meines Opas ist,
Wo in der Nacht, statt Kronleuchtern, die Kerzen und
Windlichter angezündet werden.
Sie lebt in einem Land, das sie liebt

Meine Identität lebt in der Finsternis,
weil sie dort einen Stein gefunden hat, denkend,
Es sei die Sonne,
Wenn sie durch die Stadt flaniert.
Sie grüßt Bäume, Blätter, Rasen, verlassene Hunde,
Die sie zu sich nimmt.
Gestern hat meine Identität einen kleinen
Abgemagerten, hässlichen Hund gefunden,
Nahm ihn zu sich,
Ohne ihm seine Freiheit zu rauben

Meine Identität spricht die Sprache des Theaters
Und die Sprache der Gestalten, die sie gespielt hat.
Oft verbringt sie ihre Zeit auf dem nassen Rasen,
Auf dem die Schnecken leben.
Sie nimmt sie in die Hand, färbt sie in Rot, Grün,
Blau oder Rosa.
Es kommt darauf an, ob sie männlich oder weiblich
sind.
Wenn ein Gewitter aufkommt,
Läuft meine Identität nicht davon.
Sie eilt ihm entgegen.
Genau das ist meine Identität.

Sie hat eine Liebe, die ist so verrückt.
Liebe, die mit einem Lächeln die Haarlocken von

Der Stirn sanft entfernt.
Unter denen tiefe schwarze Augen schimmern,
So dunkel wie die Straßen
Von Broadway City.

Meine Identität liebt Alkoholiker, Vagabunden,
Dichter.
Sie ist begeistert von Walt Whitman, Bukowski,
Džamonja, Uljević, Harry Heller
Holden, von seinem Vater und seinem Deutsch-
Professor.
Sie liebt auch die Augenblicke, die sie in die
Erinnerung hineinpresst.

Meine Identität ist verrückt!
Verrückt nach'm Glück!
Verrückt nach'm Leben!

Der feine Unterschied
Vedran Bajramović, 16 Jahre

Ich habe eine besondere Geschichte. Manchmal
kann ich sagen, dass ich zwei Identitäten besitze. Am
12. März bin ich in Deutschland geboren, genauer
gesagt in München. Dort habe ich acht Jahre gelebt.
Es war wunderschön. Jeden Tag, außer Freitags, war
ich im Kindergarten und habe dort mit meinen deutschen Freunden gespielt. 2001 kam ich auf die Real-
schule, aber nur für ein Jahr. Meine Familie und ich
sind ohne unseren Vater nach Bosnien/Travnik
gezogen.

Am Anfang kam mir das Land Bosnien irgendwie merkwürdig vor. Tag für Tag lernte ich Bosnisch und habe dabei mein Deutsch leider fast vergessen. Mein Vater kam alle zwei Monate nach Bosnien, zeigte mir Travnik und den wunderschönen Berg Vlašić. Im September 2002 musste ich in eine andere Schule. Am Anfang habe ich richtig Angst gehabt, aber die neuen Mitschüler waren super! Meine neuen Freunde zeigten mir einige sehr schöne Orte in Travnik: *Plava voda* und *Stari grad*. Travnik ist im Winter viel schöner als im Sommer. Ich war mit meinem Vater, wenn er nach Bosnien kam, fast jeden Tag Skifahren, natürlich auf dem Berg Vlašić. Für mich war es auch sehr interessant, in einem neuen Land Sylvester zu feiern. Ich hatte es mir ganz anders vorgestellt. Aber es war wunderschön.

Das erste Jahr in der bosnischen Schule habe ich sehr gute Noten gehabt. Seitdem sind drei Jahre vergangen. Eines Tages verabschiedete sich unsere Klassenlehrerin von uns. Wir waren alle sehr traurig, aber das Leben geht weiter, wie auch in dem ersten Teil meiner Geschichte. In der fünften Klasse war alles neu. Wir bekamen neue Lehrer für Mathe, Bio, Musik, Sport und Geschichte. Ich habe meinen neuen Klassenlehrer sehr geliebt, wie es andere Schüler auch taten. Er war ein guter Lehrer. Außer Skifahren trainierte ich auch noch Basketball. Im Sport lernte ich viele Freunde kennen. Das viele Lernen war für mich auch kein Problem. Ich spielte außerdem Klavier, Klarinette und Gitarre.

Nach vier Jahren fuhr ich in den Winterferien nach Deutschland. Ich war sehr glücklich, wieder in meinem Geburtsland zu sein, auch wenn das nur für zwei Wochen war. Den Marienplatz, das Olympiastadion, Garmisch-Patenkirchen hatte ich auch sehr vermisst. Mein Vater hatte mir versprochen, dass ich jedes Jahr zum Skilaufen nach Deutschland fahren würde.

Nach der sechsten Klasse war ich wieder in München und hatte plötzlich Sehnsucht nach Travnik. Die beiden Städte sind mir so ans Herz gewachsen. Ich hatte ein komisches Gefühl im Magen. Mich belasteten Gedanken über meine Zukunft. Ich stellte mir die Frage, wo ich weiter zur Schule gehen möchte, auf welche Universität ich komme?

Viele Fragen lagen zwischen Bosnien und Deutschland. Ich ging weiter in die siebte Klasse, lernte fleißig und bekam immer wieder gute Noten und Wettbewerbspreise. Auch lernte ich neue Freunde kennen. Nach dem Grundschulabschluss gab es in der Schule eine Party. Ich werde diese Feier nie vergessen. Während der Sommerferien war ich drei Monate in Deutschland. Ich vermisste meine Freunde zu Hause, meine Großeltern, mein Travnik.

Zurück in Travnik kam ich auf das Gymnasium und hatte Deutsch als zweite Fremdsprache. Das war mein größter Wunsch, der in Erfüllung gegangen ist. In diesem Fach schweifen meine Gedanken oft in die Vergangenheit ab, und ich denke sehr viel an die guten Zeiten in Deutschland. Aber in Bosnien ist es auch sehr schön.

Ich hoffe, später einen Platz an einer Universität in Deutschland zu bekommen und vielleicht in München zu leben, wie in den guten alten Zeiten.

Die kreative Arbeit mit Kindern - eine Wundertüte
von Esther Kaufmann

Mit Emina Kamber verbindet mich neben der gemeinsamen Vorstandsarbeit im Hamburger Schriftstellerverband, dass wir beide immer wieder Kinder beim Kreativen Schreiben anleiten. Und wenn man mit Kindern kreativ arbeitet, erlebt man ganz besondere Momente, von denen es sich zu berichten lohnt! Wenn beispielsweise eine Sechsjährige stolz ihre Detektivgeschichte erzählt und die gesamte Schreibgruppe begeistert mit-rätselt wie bei den großen Krimischreibern oder ein schüchterner Junge sich selbst als Drachentöter beschreibend vor einer Gruppe Erwachsener laut seine sorgsam gewählten Worte wirken lässt, wird die Magie deutlich.

Von diesen unvergesslichen Situationen zehre ich selbst in meiner künstlerischen Arbeit und finde daher den kreativen Austausch mit Kindern persönlich einfach unverzichtbar. Wenn man mit Kindern schreibt, denkt man auch selbst ganz neu über scheinbar selbstverständliche Prinzipien des schriftstellerischen Arbeitens nach und ist gezwungen, die eigenen Methoden kritisch zu hinterfragen - kann man wirklich für ein Kind sinnvoll begründen, warum "show, don't tell" beim Schreiben hilft? Was sind Metaphern, die man tagtäglich nutzt, eigentlich genau in den Augen eines kleinen Menschen? Was finden Kinder witzig?

Aber auch auf gesellschaftspolitischer Ebene finde ich es unglaublich wichtig, dass jemand wie Emina

Kamber mit einer echten Künstlerpersönlichkeit für Kinder als der nächsten Generation in greifbare Nähe rückt. Mit spannenden Autoren selber aktiv zu sein, spornt Kinder an, sich kulturell zu engagieren und eröffnet ihnen die Welt der Worte wie kaum eine andere Erfahrung. Und nur wenn wir es schaffen, dass sich auch die jungen Menschen für Literatur begeistern - sei es nun als Leser oder sogar selber als Kulturschaffende -, wird Literatur lebendiger Teil unserer Gesellschaft bleiben.

Natürlich fordern Kinder auch in Schreibkursen viel von einem. Nach einer Woche intensivem Zusammenarbeiten braucht man gefühlt mindestens eine Woche Urlaub, um die Akkus wieder aufzuladen. Denn auch wenn man sich selber nicht als Lehrer versteht, ist man doch ein (An)Leiter und das erfordert gerade bei Kindern eine riesige Aufmerksamkeit für jeden einzelnen jungen Menschen, für dessen eigene Kreativität man einen geeigneten Rahmen schaffen muss.

Dazu gehört es auch und für mich vor allen Dingen, eine vertrauensvolle Atmosphäre zu schaffen, in der sich Kinder geborgen genug fühlen, um sich zu öffnen für all das an Ideen, was in ihnen verborgen liegt und ihre Texte in einer Gruppe zu teilen. Feedback ist wichtig, um in der Zusammenarbeit auch das eigene Wissen zu entwickeln und das gesammelte Kollektivwissen einer Schreibgruppe von Kindern zu nutzen. Gleichzeitig brauchen Texte wie kleine Pflänzchen Schutz, damit sie wachsen und nicht von einem unbedachten Wort zertreten werden. Hierfür braucht es großes Feingefühl und eine ruhige Ausstrahlung, wie sie jemand wie Emina Kamber in jahrelanger Erfahrung gewonnen hat.

Weiterhin ist für Kinder immer Inspiration wichtig, denn sie halten es noch schlechter als wir Erwachsene aus, vor einem leeren Blatt Papier zu sitzen. Deswegen macht es die kreative Arbeit mit Kindern speziell, dass man sie auf vielfältige, spielerische Weise auf Ideen bringt und immer jede Menge Schreibübungen und Schreibanlässe im Gepäck haben muss. So wird es auch einem selbst nie langweilig - und auch wir erwachsene Schreiber werden an den Zauber von Literatur immer wieder frisch erinnert.

Theater mit Flüchtlingen?
von Sven J. Olsson

Menschen fliehen vor Krieg, Hunger und Diktatur. Sie sorgen sich um Essen und Unterkunft. Und sicher sind dies die ersten Dinge, die ein Flüchtling benötigt. Aber damit ist es nicht getan. Auch Seele und Herz sind beschädigt, und die neue Heimat ist so fremd.

An diesem Schnittpunkt zwischen alter und neuer Heimat kann das Theater eine Menge bewegen. Doch Theaterarbeit mit Flüchtlingen ist nicht allein eine gute Möglichkeit praktischer Integration, sondern auch ein Weg Fluchterfahrungen zu thematisieren und, zumindest ansatzweise, zu verarbeiten.

In diesem Zusammenhang sind Projekte mit Flüchtlingen und Einheimischen von besonderer Bedeutung. Die Flüchtlinge lernen die deutsche Sprache, bekommen die Möglichkeit ihre sprachliche Kompetenz zu erweitern und nehmen an einem wichtigen Teil des kulturellen Lebens in ihrer neuen Heimat teil. Für die Mitglieder der Theatergruppe wiederum ist es eine Erweiterung des kulturellen Horizonts und die Chance, die „Fremden" als Mitbürger zu verstehen und in die Gemeinschaft zu integrieren. Es ist eine echte Win-Win-Situation.

Aber wie soll man sich die Theaterarbeit mit Flüchtlingen vorstellen? Ist sie wirklich so gewinnbringend, wie die Theorie behauptet? Für die *Hornköppe* eine Theatergruppe von Wohnungslosen und ehemalig Wohnungslosen in Hamburg, war die Zusammenarbeit mit Flüchtlingen eine Herausforderung und ein Gewinn.

Begonnen hatte alles mit der Frage: „Was spielen wir als Nächstes?" Bislang hatten die *Hornköppe* die Lebenssituation von Wohnungslosen in ihre Stücke eingewoben. 2008 in der „f&w" Wohnunterkunft Hornkamp von mir und der Theaterpädagogin Thurid Schwerdtfeger, gegründet, waren seitdem vier Theaterstücke realisiert worden (f&w - *Fördern und Wohnen*, Hamburger Sozialeinrichtung). Dabei reichte der Bogen von einer Märchenbearbeitung nach Iring Fetscher über die Neufassung des Nachtasyls von Maxim Gorki unter dem Titel *Ganz unten* bis zur Kleingärtnerkomödie *Heckenschnitt* und einem Programm zum 100sten Jubiläum des Pik As, einer Übernachtungseinrichtung für Obdachlose in Hamburg.

Aus der anfänglichen Idee, die Bremer Stadtmusikanten als erste alternative Hausbesetzung mit Betroffenen auf die Bühne zu bringen, war die Erkenntnis gewachsen, dass durch das Theaterspielen Fähigkeiten erworben und erprobt werden, die auch im täglichen Leben nützlich sind. Kommunikation, Durchhaltevermögen, vor Publikum zu reden und zu zeigen, dass man auch als Wohnungsloser etwas leisten kann, waren für alle wichtige Erfahrungen. Und wichtiger noch: die Proben waren trotz allem Probendruck eine Zeit, in der viel miteinander gelacht wurde. Sie war nie frei von Problemen, aber man arbeitete gemeinsam an dem Ziel Publikum zu unterhalten.

Alle Stücke hatte ich den Mitwirkenden auf den Leib geschrieben. Dass dennoch manchmal eine Anderer als ursprünglich geplant die Rolle spielte, lag an der Fluktuation innerhalb der Gruppe. Zwar bestehen die *Hornköppe* aus einem festen Kern, der inzwischen nicht mehr wohnungslos ist, aber bei jedem Stück sind Mitwirkende hinzugekommen. Mancher blieb, für die meisten waren es jedoch Gastspiele für ein oder zwei Produktionen. Nach wochenlangen Proben hatten wir dann stets im „monsun theater" die Premiere gefeiert und weitere Vorstellungen gespielt.

Nun sollte etwas Neues gewagt werden. Die Antwort kam unerwartet. Im persönlichen Umfeld gab es einen gerade erwachsenen Flüchtling aus Syrien, der nach Jahren der Flucht seinen totgeglaubten Bruder wiederfand. Durch diese Geschichte angeregt, fragten sich die Teilnehmenden an dem Projekt: „Flucht, was heißt das?"

Die *Hornköppe* und wir, Thurid Schwerdtfeger und ich als die Verantwortlichen für Produktion, Text und Regie, stellten fest, dass Flucht und Vertreibung nicht nur jetzt und nicht nur nach Europa stattfindet. Sind es heute Menschen, die etwas aus Syrien vor dem Krieg fliehen, waren es in den 90ern Kriegsflüchtlinge aus dem ehemaligen Jugoslawien und 50 Jahre davor halb Europa. Und nicht erst heute vertreibt Hunger die Menschen aus ihrer Heimat. Dies geschah auch im 19. Jahrhundert in Europa.

Von 1820 bis 1928 wanderten 5,9 Mill. Deutsche nach Übersee aus. Die meisten von ihnen landeten in den Vereinigten Staaten, und wir erinnerten uns, wie oft in der Nachkriegszeit immer wieder vom reichen Onkel aus Amerika gesprochen wurde. Aus diesen Bruchstücken entstand die Idee, gemeinsam mit Flüchtlingen ein Stück über Flucht und Vertreibung auf die Bühne zu bringen. Ein Stück, welches beide Migrationsbewegungen aufgreifen sollte. Die von und die nach Europa.

Der Titel "Die Hornköppe gehen ins Exil" war schnell gefunden, das Schreiben der Szenen dauerte etwas länger, das Finden von Mitspielern erwies sich trotz des direkten Kontakts in eine Wohnunterkunft mit Flüchtlingen und die persönliche Ansprache als überraschend schwierig.

Zu den ersten Treffen kamen neun interessierte Flüchtlinge, aber ihre Nöte und Lebensumstände führten dazu, dass nach der dritten Leseprobe nur drei von ihnen noch mitspielen wollten. Im Laufe der Proben stieg ein weiterer aus, für ihn war die Kombination von Deutsch sowie Lesen und Schreiben lernen in Verbindung mit dem Lernen einer Rolle zu viel. Da sich in der Wohnunterkunft herumgesprochen hatte, dass „Theater gespielt“ wird, tauchten neue Gesichter auf und am Ende standen vier Flüchtlinge, drei Wohnungslose (akut oder ehemalig) sowie fünf Kinder auf der Bühne.

Eine bunte Mischung an Menschen, die sich anfangs neugierig beäugten und abtasteten. Zumindest die Erwachsenen. Schließlich hieß es nun zusammen Theater zu spielen. Die Kinder hingegen waren nicht so vorsichtig. Sie nahmen gleich alle für sich ein.

Für das Mitmachen und den Ausstieg aus der Gruppe gab es unterschiedliche Gründe. Für alle war die Möglichkeit etwas zu tun und durch das Theaterspielen' der Langeweile zu entfliehen eine starke Triebfeder. Allerdings verhinderten manchmal die doch zu geringen Deutschkenntnisse oder die Traditionen die Mitarbeit. Für einige der arabischen Männer war es schwierig mit Frauen auf Augenhöhe zu agieren, und für andere war die Gebetszeit wichtiger als die Probe. Hinzu kam die Teilnahme von Kindern, die von allen ein größeres Maß an Aufmerksamkeit einforderten und viel eher ihrem stärkeren Bewegungsdrang und Spieltrieb nachgaben. So plötzlich, dass sie manchmal mitten in der Szene abbrachen und zu toben begannen. Oder, wenn die Erwachsenen ihren Text nicht flüssig genug lasen oder sprachen, einfach anfingen ihn vorzusagen. Während sich die Erwachsenen noch durch den Text quälten und ihn mühsam auswendig lernten, konnten einige der Kinder nach kurzer Zeit nicht nur ihre Rolle, sondern auch die der anderen.

Die Kinder waren von Anfang an ein zentrales Moment des Theaterprojekts gewesen. Sie leiden am stärksten unter den Umständen von Flucht und Vertreibung. Zwar finden sie in den Kindergärten und Schulen der neuen Heimat bald Freunde, aber die Narben, die der Krieg hinterlässt, heilen nicht so schnell. Während Erwachsene die Ereignisse reflektieren können, sind ihnen Kinder wehrlos ausgeliefert. Auch das sollte „Die Hornköppe gehen ins Exil" zeigen.

Die ersten Wochen lasen wir wieder und wieder den Text des Stücks. Wort für Wort, Satz für Satz kämpften wir uns durch das Textbuch. Schließlich sollten alle verstehen, wovon das Stück handelt, was die Figuren sagen. Wie soll man spielen, wenn man nicht weiß, was gemeint ist?

Immerhin waren von den zwölf Teilnehmern und Teilnehmerinnen nur drei deutsche Muttersprachler. Die anderen Mitspielerinnen kamen aus Syrien, dem Irak, Montenegro, Tschetschenien und Afghanistan. Da mussten Worte ins Arabische und in Farsi übersetzt und erläutert werden. Manchmal half das Englische, manchmal das Smartphone mit Übersetzungshilfe, manchmal die Demonstration des Begriffs und manchmal die Deutschkenntnisse der Kinder. Ausspracheschwierigkeiten wurden überwunden und die deutschen Muttersprachler stellten verwundert fest, wie schwer beispielsweise ein Ü sein kann. Langsam wuchs das Verständnis, auch untereinander, und es entstanden immer wieder Gespräche über das Stück hinaus.

Und plötzlich wurde sichtbar, wie sehr die Szenen, die am Schreibtisch entstanden waren, die Erlebniswelt und die Erfahrungen der Mitspieler widerspiegelten. Unvermittelt wurde das Stück Realität. Mehr als einmal hieß es: „So war es auch bei mir." Und mitten in den Proben erzählten Einzelne von ihren Fluchterlebnissen. Das Sprechen über Ängste und Erinnerungen war wichtig. Wie soll man eine Szene im Schlauchboot spielen, wenn einen die Bilder der eigenen Überfahrt überfallen? Oder anders und genauer: wir probten die Szene, in der Menschen im Schlauchboot über das Meer flohen. Jeder konzentrierte sich auf seine Sätze und als der letzte Satz gefallen war, sagte einer der Mitspieler plötzlich "So war es bei uns auch. Und dann kenterte das Boot. Viele ertranken."

Mit einem Mal war das Fluchterleben ganz real und

keine Probe mehr. Aber das Reden über die Erlebnisse half. Zumindest war es ein erster Schritt.

Durch den großen Bogen, den das Stück schlug, waren die Einzelschicksale nicht allein mehr persönliche Niederlagen. Sie reihten sich ein in andere Fluchtgeschichten, und wogen damit leichter. Die Kinder suchten Bilder und Filme früherer Auswanderung auf YouTube und berichteten stolz von ihren Fundstücken. Auch für sie war die Erfahrung, dass es bereits früher und andere Flüchtende gegeben hatte, tröstlich. Ausgelöst durch die künstlerische Ausarbeitung wurde auch eine, auch auf der Verständnis des eigenen Falls rückwirkende, Auseinandersetzung mit den Ursachen und Folgen von Flucht und Vertreibung in Gang gesetzt.

Erstaunlich war, wie sich Wortschatz und Sprachverständnis im Laufe der Proben verbesserten. Immer wieder wurden Worte vorgesprochen, Sätze wiederholt und Missverständliches erläutert. Aus fremden Sätzen wurden Gespräche und die Dialoge begannen zu leben. An vielen Stellen auch und gerade weil das Deutsch nicht glatt und kantenlos war. Bewusst hatte ich die Eltern, die heute flohen und die Eltern, die damals die Heimat verließen mit Flüchtlingen und Wohnungslosen gemischt besetzt. So entstand eine doppelte Distanz. Ayman, aus Damaskus vor dem Krieg geflohen, spielte den deutschen Landarbeiter, der sich in Amerika eine bessere Zukunft erhofft. Und Barnie, eines der *Hornköppe* Urgesteine, verkörperte den Familienvater, der seine Familie vor dem Krieg nach Deutschland rettet. Yasmin, seine Frau, war aus Afghanistan gekommen und Brigitte, ebenfalls Hornkopp der ersten Stunde, war Bäuerin irgendwo im 18. Jahrhundert. Für alle Darsteller war es ein Eintauchen in fremde Welten und für die Zuschauer hoben sich Vergangenheit und Gegenwart als Gegensätze auf.

Die Erklärung von Worten und Begriffen führte zu Diskussionen über das Leben in Deutschland und der jeweiligen Heimat. Und mittendrin die Kinder, die spielten, lachten und die Erwachsenen mit immer neuen Herausforderungen konfrontierten.

Als die Aufführungen in greifbare Nähe rückten, war bei allen ein neuer Ernst zu verspüren. Bisher dominierte die Arbeit mit dem Text, nun wollten alle auch spielerisch vor dem Publikum bestehen, und mehr und mehr Probenzeiten wurden eingefordert.

Die Aufführung war ein furioses Ende der Produktion. Drei Vorstellungen, zwei davon in dem Hamburger OFF Theater „Sprechwerk Hamburg", viele Zuschauer und begeisterte Rückmeldungen. Für die Zuschauer, unter ihnen auch eine große Anzahl von Flüchtlingen, war der Abend Anlass über die Problematik Flucht und Vertreibung erneut nachzudenken.

Die Erfahrungen dieser Theaterarbeit waren ungeheuer vielfältig: Sprache wurde gelehrt und gelernt, Fluchtgeschichten erzählt und gehört, Erlebnisse durch die historischen Ereignisse in neue Zusammenhänge gebracht und Freundschaften geschlossen. Nicht zuletzt demonstrierten Flüchtlinge wie Wohnungslose, dass sie nicht in eine Schublade gehören, sondern Menschen sind, wie du und ich.

Es zeigte sich, dass das Theater, wenn es am Puls der Zeit spielt und sinnliche Erfahrungen ermöglicht,

eine große Kraft hat. Nicht nur im Ergebnis auf der
Bühne, sondern auch auf dem Weg dahin.

**Zwei Szenen aus
„Die Hornköppe gehen ins Exil"[3]**

Szene 4: Kinder, Kinder
Heute. Auf einer Straße.

JUNGE 1: Und jetzt?
JUNGE 3: Weiß nicht.
JUNGE 1: Blöd.
Kleine Pause.
JUNGE 1: Fußball spielen?
JUNGE 3: Klar.
JUNGE 1: Dann los.
JUNGE 3: Hast du einen Ball?
JUNGE 1: Ich nicht, aber du …
JUNGE 3: Auch nicht mehr.
JUNGE 1: Wer hat ihn?
JUNGE 3: Kaputt. Gestern.
JUNGE 1: Und jetzt?
JUNGE 3: Gehen wir trotzdem. Vielleicht hat einer
der anderen einen.
JUNGE 1: Deiner war der letzte.
JUNGE 3: Mist.
Kleine Pause.
JUNGE 3: Wir könnten uns einen machen.
JUNGE 1: Und wie soll das gehen?
JUNGE 3: Stoff, Papier und Band drum.
JUNGE 1: Und das funktioniert.
JUNGE 3: Wir könnten es probieren.
JUNGE 1: Und wenn es nicht geht?
JUNGE 3: Geht bestimmt.
JUNGE 1: Total blöd, dass dein Ball auch kaputt ist.

3 Aus "Die Hornköppe gehen ins Exil", 2016, Buch & Regie
Sven j. Olsson

JUNGE 3: Ja.
JUNGE 1: Können wir den nicht flicken?
JUNGE 3: Hat mein Vater schon versucht.
JUNGE 1 : Und?
JUNGE 3: Hat nicht geklappt. Luft war gleich wieder raus.
JUNGE 1: Und, wenn wir den aufschneiden und mit Papier füllen und dann zukleben?
JUNGE 3: Den schönen Ball aufschneiden?
JUNGE 1: Ist doch sowieso kaputt. Und so können wir ihn heil machen.
JUNGE 3: Und Fußball spielen.
Aus dem Off kommen Kampfhubschrauber.

Szene 8: Der Bruder
Heute. Zwei Mädchen spielen Himmel und Hölle.

MÄDCHEN 1: Mein Bruder geht morgen weg.
MÄDCHEN 2: Wohin.
MÄDCHEN 1: Ich weiß nicht genau.
MÄDCHEN 2: Was hat er denn gesagt?
MÄDCHEN 1: Nur, dass er weg muss.
MÄDCHEN 2: Und deine Eltern? Wissen die, wohin er geht?
MÄDCHEN 1: Mama hat geweint.
MÄDCHEN 2: Weil er weggeht?
MÄDCHEN 1: Ja.
MÄDCHEN 2: Und dein Vater?
MÄDCHEN 1: Hat nur gesagt, dass er jetzt auch eingezogen wird.
MÄDCHEN 2: Dein Bruder wird Soldat?
MÄDCHEN 1: Er hat gesagt „eingezogen".
MÄDCHEN 2: Dann muss er zur Armee.
MÄDCHEN 1: Deshalb hat Mama geweint.

MÄDCHEN 2: Weil er in den Krieg muss. Leute totschießen.
MÄDCHEN 1: Mein Bruder?
MÄDCHEN 2: Ja. Soldaten schießen andere Soldaten tot.
MÄDCHEN 1: Und wenn einer meinen Bruder ...
MÄDCHEN 2: Das kann auch passieren.
MÄDCHEN 1: Dann ist er ...
MÄDCHEN 2: Tot.
MÄDCHEN 1: Du bist gemein.
MÄDCHEN 2: Wieso? Was kann ich ...
MÄDCHEN 1: Weil du ...
MÄDCHEN 2: Ich schieße keinen tot.
MÄDCHEN 1: Aber, du hast gesagt ...
MÄDCHEN 2: Als Soldat muss er andere totschießen. Im Krieg ist das so.
MÄDCHEN 1: Gar nicht.
MÄDCHEN 2: Bestimmt.
MÄDCHEN 1: Das ist doof.
MÄDCHEN 2: Und dann kommt er nicht mehr nach Hause.
MÄDCHEN 1: Ich muss ihm sagen, wie gefährlich Soldat sein ist.
MÄDCHEN 2: Das weiß er bestimmt.
MÄDCHEN 1: Warum geht er dann dahin?
MÄDCHEN 2: Weil er muss.
MÄDCHEN 1: Aber Mama hat geweint. Ich muss ihn festhalten.
MÄDCHEN 2: Das wird nicht helfen.
MÄDCHEN 1: Dann müssen wir ihn einsperren. Ich will meinen Bruder nicht verlieren.

Lyrik Leben
von Gino Leineweber

Als die Landkarte Europas unübersichtlich wurde, bereicherte der Name Bosnien-Herzegowina die Nachrichten. Was für ein Name! Was für ein Klang! Den hätte ich mir für ganz Jugoslawien gewünscht, dem Staatsgebiet zu dem Bosnien-Herzegowina gehörte und das damals am Auseinanderbrechen war. Die Namen seiner einzelnen Staaten kamen über uns. Aber ungeeignet. Serbien, oder Kroatien, oder Mazedonien oder was sonst zur Verfügung gestanden hätte. Nur Bosnien-Herzegowina.

Sicher ein lyrischer Ansatz. Aber Lyrik hat noch nie eine tragende Rolle bei politischen Entscheidungen gespielt. Auch als der Name in den Nachrichten immer häufiger genannt wurde, geschah das nicht aus lyrischen, sondern aus politischen Gründen. Dunkle Mächte schickten sich an, einen Staatenbund auseinanderzureißen und scheuten sich nicht, das Leben und die Kultur von Tausenden und Abertausenden von Menschen aufs Spiel zu setzen. Was danach an Schrecklichem geschah, wirkt sich weiterhin unheilvoll aus. Der neue Staat mit seinem lyrischen Namen ist mehr als zwanzig Jahre nach seiner Gründung instabil und befindet sich auf „dünnem Eis".

Dennoch, für mich hat nicht länger nur der Name einen lyrischen Klang. Ich habe das Land inzwischen bereist, seine Landschaften, seine Menschen und seine Kultur kennengelernt.

Mein Empfinden mag merkwürdig erscheinen für ein Land, das aus einem Bürgerkrieg hervorgegangen ist. Allerdings existierte Bosnien-Herzegowina schon seit alters her und den Kampf, den es um dies Land gegeben hat, kann man auch nicht als Bürgerkrieg bezeichnen. Es war ein Krieg der Mächte, nicht der Bürger. Den Kampf um Bosnien-Herzegowina, mit seiner über vierjährigen Belagerung der Hauptstadt Sarajevo, führten nicht nur die umliegenden Länder mit ihren primären Interessen, sondern im Kampf um Einfluss und Herrschaft wurden sie von unterschiedlichen Seiten unheilvoll unterstützt. Den Bürgern blieb das Leiden. Die Gräueltaten, die dazu führten waren Verbrechen, die bloß als Bürgerkrieg deklariert wurden.

Dass ich den Namen des Landes heute nicht mehr, wie womöglich viele Andere, mit der schrecklichen Zeit zwischen 1992 und 1996 verbinde, habe ich einer Frau aus Bosnien zu verdanken. Durch sie hat sich für mich das Land mit seinem Namen verbunden. Er klingt nicht länger nach Schrecken und Leiden, sondern ist belebt mit Geschichte und Kultur und meinen persönlichen Erlebnissen. Mit dieser Frau habe ich in drei literarischen Workshops in Bosnien gearbeitet. Sie hat mich mit den Bewohnern des Landes zusammengebracht und mit ihr habe ich Städte, Gebirge, Seen, Flüsse, und Täler bereist, die und deren Namen ich teilweise vorher nicht kannte. Auch solche, die aus dem Bürgerkrieg herüber geklungen waren.

Sarajevo. Wie stellt man sich das vor? Eine Stadt wird belagert? Von den umliegenden Bergen wird auf die Menschen geschossen. Fast vier Jahre lang. Kann man sich das überhaupt vorstellen?

Ich kenne die Stadt inzwischen von mehreren Besuchen, meist aus Anlass der Buchmesse, und genieße die betriebsame Atmosphäre auf den Straßen mit den hübschen Gebäuden und die umliegenden Berghänge. Wer in der Altstadt den Blick hebt, schaut in jeder Richtung entlang der schmalen Gassen auf die Berge, deren Grün getüpfelt ist mit dem Rot und Weiß, der an den Hängen errichteten Gebäude. Selbst im grauen Schleier eines Regens, betört die Szenerie durch die Architektur, die sich vor die Berge schiebt. Die kleinen Geschäfte in den Gassen mit ihren schrägen Dächern, die runden Kuppeln der Moscheen und die spitz aufragenden Minarette. In Ilidža am Fuß des Bergs Igman, aus dem die Flüsse Željeznica und Bosna sprudeln, findet der Ruhe suchende Mensch Natur im Überfluss.

Jedes Mal in Sarajevo staune ich über einen Platz, an dem die Juden ihre Synagoge, die Christen ihre Kirche und die Muslime ihre Moschee gebaut haben. Ich bin geneigt, angesichts dieses unkomplizierten Miteinanders und der sonst zu beobachtenden Auseinandersetzungen zwischen diesen Religionen, salopp zu sagen: Es geht doch!

Aber auch jedes Mal, wenn ich nach Sarajevo komme, und ich werde es in einigen Wochen wieder tun, versetzt es mir einen Stich, die Narbe ihrer Schändung sozusagen mitten im Gesicht dieser Schönen zu sehen. Es ist dies der Ort der eigentlich der Völkerverständigung, Freundschaft und Fröhlichkeit gewidmet ist. Das alte Olympiastadion von 1984.

Dieser Ort ist nun ein Friedhof. Tote Muslime auf der einen und tote Christen auf der anderen Seite.

Im Angesicht dessen passiert es auch jedes Mal, dass ich mich frage, wo verbrachte deren gemeinsamer Gott eigentlich jene vier Jahre?

Mein Bild von Sarajevo, von Bosnien, meine Eindrücke und Erkenntnisse hätte ich ohne Emina Kamber nicht gemacht. Sie ist die Frau, von der ich hier schreibe. Um sie zu ihrem 70. Geburtstag zu würdigen. Sie ist eine Freundin mit einem großen Herzen. Eine Künstlerin mit vielfacher Begabung. Eine Poetin, Malerin und Sängerin und ich schätze sie in jeder dieser Fähigkeiten. Als Poetin ist sie mir zweifellos besonders nah. Glücklicherweise umgeben mich Kollegen und Kolleginnen, die mit ihrer künstlerischen Tätigkeit den Anspruch verbinden, dass es keine höheren Güter als die Menschenrechte gäbe, und diese im wahrsten Sinne des Wortes für alle Menschen gelten würden.

Emina ist unter meinen Freunden und Kollegen diejenige, die in besonderer Weise dafür lebt, diese Rechte zu bewahren. Sie kam in jungen Jahren mit ihrem Ehemann nach Deutschland. Als der Bosnienkrieg ausbrach, setzte sie sich persönlich für die Flüchtlinge dieses Krieges ein und nahm, dabei ihre und ihres Ehemannes wirtschaftliche Existenz gefährdend, fast zwei Dutzend von ihnen auf. Sie weiß aus eigener Erfahrung, was es heißt, wenn diese Rechte verletzt werden. Sie hat sich aufgeopfert, um Menschen, die in Not geraten waren, zu helfen. Sie kamen, wie bei Flüchtlingen üblich, unaufgefordert und wurden dennoch aufgenommen. Ihnen wurden Obdach und Hilfe gewährt. Es bestand keine andere

Möglichkeit. Am Ende stand Emina, mit ihrem inzwischen verstorbenen Ehemann, selbst mit leeren Händen da. Für ihre Menschlichkeit zahlte sie einen hohen Preis. Wirtschaftlich konnte sie sich nie davon erholen und so unterrichtet sie heute noch für ihren Lebensunterhalt Literatur und Malerei und dabei hat sie in letzter Zeit auch verstärkt mit Kindern in Bosnien zu tun. Trotz ihrer wirtschaftlichen Beschränkungen hat sie es verstanden, verschiedene Workshops für Maler und Schriftsteller in Bosnien durchzuführen. Aus vier dieser Workshops sind jeweils Anthologien entstanden. An Dreien davon durfte ich teilnehmen.

Emina ist unermüdlich in ihrer künstlerischen Tätigkeit und hat mich auch nach Rhodos begleitet, wo ich in einer internationalen Schriftstellerorganisation tätig bin, um auch dort an einer globalen Konferenz für die Verteidigung der Freiheit des Wortes und die Ablehnung jeglicher Zensur teilzunehmen. Auch an einem internationalen Workshop dort hat sie mitgewirkt. Daraus wird in diesem Jahr 2017 eine multilinguale Anthologie erscheinen, mit Texten von zwölf Poeten und Schriftstellern aus sechs Ländern. Emina ist eine davon.

Sie hat vor langer Zeit einen internationalen Literaturclub, La Bohemina, gegründet und bietet Kulturveranstaltungen an, wovon ich das Fest der Kulturen, mit Tanz, Musik und Literatur, besonders erwähnen möchte, das traditionell zum Ende eines Jahres stattfindet. Sie veranstaltet nicht nur das Fest als solches. Auch das Büfett wird von ihr selbst mit Unterstützung ihrer Familie organisiert. Das nicht nur, weil ihr ein gewerblicher Caterer zu teuer wäre, sondern weil sie es liebt. Sie unterzieht sich einer Aufgabe, die ihre Gastfreundschaft symbolisiert. Die Besucher des Festes sollen nicht üblich bewirtet sein, mit Fingerfood oder Häppchen, sondern mit Speisen, traditionell bosnisch, die sie selbst und lustvoll zubereitet. Auch darin ist sie eine Künstlerin und unvergleichlich sind in diesem Zusammenhang ebenfalls ihre wundervollen Mokka-Zeremonien zu nennen, die sie bei Gelegenheiten wie dem Tag der Poesie gern zelebriert.

Emina wirkt als Poetin, Malerin nicht im künstlerischen Elfenbeinturm. Sie ist öffentlich, wenn es notwendig ist. Mit mir und anderen Schriftstellerfreunden gemeinsam hat sie an unzähligen Gedenkveranstaltungen, Antikriegslesungen, Demonstrationen für die Freiheit des Wortes und Treffen mit Flüchtlingen teilgenommen, und einige davon selbst initiiert und organisiert. Ich habe sie in Workshops begleitet, in denen wir mit dem „Fremden in uns" befasst waren, uns mit Flucht und Migration beschäftigten und die Literatur als künstlerischen Ausdruck genutzt haben. Eminas lyrische Stimme in Wort und Schrift hat Gewicht, wenn es um diese Fragen geht und bereichert alle, die mit ihr zu tun haben.

Wir beide haben bei vielen Gelegenheiten am Schluss unsere Liebe zur Lyrik Ausdruck gegeben mit einer besonderen Performance. Dabei tragen wir den Text *Der Asra* von Heinrich Heine vor. Zuerst rezitiere ich auf Deutsch und danach singt Emina a cappella auf Bosnisch:

Täglich ging die wunderschöne
Sultanstochter auf und nieder
Um die Abendzeit am Springbrunn,
Wo die weißen Wasser plätschern.

Täglich stand der junge Sklave
Um die Abendzeit am Springbrunn,
Wo die weißen Wasser plätschern;
Täglich ward er bleich und bleicher.

Eines Abends trat die Fürstin
Auf ihn zu mit raschen Worten:
Deinen Namen will ich wissen,
Deine Heimat, deinen Stamm!

Und der Sklave sprach:
ich heiße Mohamet, ich bin aus Yemmen,
Und mein Stamm sind jene Asra,
Welche sterben wenn sie lieben.

Ich betrachte es als großes Glück, mit ihr zusammenarbeiten zu können. Gerade für Poeten, für Schriftsteller, für Menschen, die mit Worten arbeiten, ist eine Zusammenarbeit mit anderen nicht immer leicht, und nur mit literarischer Seelenverwandtschaft möglich. Die habe ich mit ihr gefunden.

Ohne sie wären meine Geschichten und Gedichte über Bosnien nicht entstanden. Ohne sie verbände ich mit Mostar nur das Bild einer wundervollen Brücke und eine traurige Erinnerung an deren Zerstörung. Ohne sie hätte ich womöglich der Poesie in meinem schriftstellerischen Leben nicht so viel Platz gewidmet, denn diese Kunst ist nicht nur brotlos in

Deutschland, sondern leider auch wenig geschätzt. Doch Emina hat meine Idee vom Leben, dass ein Mensch seine Potentiale ausleben muss, mit ihrem Wesen und Wirken bestätigt. Sie hat das Lyrische aus seinem literarischen Bereich in ihre gesellschaftlichen Aktivitäten integriert und in ihr Leben gehüllt. Ihr Leben ist Poesie; ein Gedicht.

In Deutschland hat Emina dessen Kultur mit ihrer heimatlichen nahtlos verbunden. Ihr Wirken ist nicht gebunden an Herkunft, was auch ihre literarischen Freunde ausleben. Wahrnehmungen aus dem Inneren eines jeden Menschen sind grenzenlos. Dieses Empfinden befähigt, sich frei zu fühlen und das Leben mit poetischen Bildern zu bereichern.

Sie hat uns, damit meine ich eine Reihe literarischer Freunde, mit allem vertraut gemacht, was Flucht und Vertreibung bedeutet, Migration und die Verletzung der Menschenrechte, und dass sich dies nicht auf ein einzelnes Gebiet beschränkt. Mit ihren Texten und Bildern hat sie dazu Geschichten erzählt. Wir, die Freunde und Nutznießer, teilen diese Geschichten und Bilder, jeder auf seine oder ihre Weise, und verbinden uns mit der Künstlerin.

Wenn Emina und ich, wie gerade geschehen, uns für ein Buchcover eines Lyrikbandes von mir, den Emina ins Bosnische übersetzt hat, entscheiden, dann erlebe ich diese Verbindung. Das Bild dafür hat sie ausgesucht. Es zeigt mich im linken Drittel, oberhalb der Neretva sitzend, den Blick in Ferne gerichtet. Darunter der Fluss, das Tal und am Horizont ein Berg.

Was es nicht zu sehen gibt, aber ich will es ausnahmsweise aus Anlass zu diesem Text erzählen: Stari Most, die berühmte Brücke. Der Kanonenschuss vom 9. November 1993 der sie zerstört. Die Ignoranz des kroatischen Soldaten, der von dem Berg aus gefeuert hat. Das Brückenmuseum, das die verzweifelten Versuche der Bosniaken zeigt, mit Gummireifen und weißen Fahnen, ihre Brücke zu schützen. Das Entsetzen und der Jammer als sie zerstört wird. Ihre Schönheit nach dem Wiederaufbau. Um die Brücke herum die Gebäude, die alten Gassen, die Kuppeln und Minarette der Moscheen. Die Andenkenläden, die Restaurants an den Hängen über dem Fluss. Ein Sonnenstrahl, der zwischen den Wolken auf das smaragdgrüne Wasser der Neretva fällt.

Das alles ist nicht zu sehen, doch im Bild enthalten. Wir haben das Cover nicht wegen dieses Fotos gewählt, sondern wegen des Bildes.

Eminas Fest
von Vera Rosenbusch

Das Herz ist ein besonderer Muskel. Es ist nur faustgroß und wiegt gerade mal 300 Gramm.

Nur ein paar Schritte und bin ich in einer anderen Welt. Die hohen Häuser ringsherum schirmen das Kulturhaus Eppendorf von der lärmenden Ausfallstraße ab – es wirkt beinahe dörflich. Huch: Hinter den hell erleuchteten Fenstern huscht eine Inderin im Sari vorbei.

Drei Wochen nach der Befruchtung beginnt es zu pulsieren, noch bevor der Körper sich ausgebildet hat. Der Embryo misst erst wenige Millimeter, aber das Herz ist schon aktiv.

„Schön, dass du da bist!" Emina stürmt auf mich zu. Roter Pullover, schwarze Baskenmütze, weiße Perlenkette. Ihre Farben.

Da ist die Bühne, die Zuschauer sitzen an runden Tischen. Musik, Tanz, Poesie, ein köstliches Buffet – Eminas Fest der Kulturen lässt das Herz höher schlagen.

Aber wo sind die anderen? Ich habe fest damit gerechnet, hier Bekannte zu treffen, kenne aber nur sie. Macht nichts. Eine Frau mit weißem Bubikopf winkt mich an ihren Tisch und erzählt mir ihr bewegtes Leben zwischen Hamburg und Haiti. Von Beruf ist sie Funkoffizier gewesen, im Maskulinum, und Bibliothekarin, weiblich, außerdem noch immer reisefreudig. Sie kommt gerade vom Wandern aus Peru.

Aristoteles verlagerte die Seele vom Zwerchfell, wo sie die Denker vor ihm ansiedelten, ins Herz.

Emina steht mitten im Publikum zwischen den Tischen und sagt die erste Nummer an. Eine Tanzgruppe betritt die Bühne, zierliche Inderinnen und groß gewachsene Norddeutsche lächeln um die Wette. Jeder Sari leuchtet in einer anderen Farbe: rot, orange, türkis, blau, grün. Eminas Fest hat viele Farben. Sadeta singt spanische Lieder, begleitet von einem griechischen Akkordeonspieler, besonders ausdrucksvoll die Sprache ihrer Hände. Auch Oper gehört ins bunte Programm. Eine Sängerin aus Sarajevo zelebriert eine Verdi-Arie, so fremd, so schön, dass mir der Gesang Tränen in die Augen treibt.

Das Herz ist der Schlüssel der Welt und des Lebens, schreibt Novalis.

Nun soll auch die Poesie zu Wort kommen, sagt Emina. Der hagere deutsche Dichter präsentiert Lyrik, die sie ins Bosnische übersetzt hat. Ein Gedicht wünscht sie sich besonders: „Lies es für mich, bitte", ruft sie zu ihm auf die Bühne und legt beide Hände aufs Herz. „Es geht mir um den letzten Satz." Er liest. Der letzte Satz lautet „Da erklärte ich ihr meine Liebe".

Liebe? Ist das Wort nicht abgenutzt? Aber wie Emina es spricht, klingt es neu und frisch. Sie spricht mit dem Herzen. Nur mit dem Herzen sieht man gut, meint Saint-Exupéry.

In der Pause, beim Rauchen vor der Tür, erzählt mir eine bosnische Zuschauerin von der Angst, die sie erschüttert hat, als ihre Lufthansa-Maschine während des Krieges auf einem serbischen Flughafen zur

Landung gezwungen wurde. Männer in scheckigen Uniformen bedrohten die Reisenden, ließen sie endlos warten trotz ihres deutschen Passes. Auch das gehört zu Eminas Fest. Nicht nur Freude geht zu Herzen.

Nach dem Bühnenprogramm wird das Büffet eröffnet: Köstliche Blätterteigtaschen, gefüllt mit Schafskäse, gegrillte Paprika, Oliven und Peperoni – riesige Platten warten auf uns. Viele Stunden hat Emina in der Küche gestanden, um all das zuzubereiten. Als die Teller gefüllt sind, sieht man das der Tafel kaum an.

Wir essen, und sie geht von Tisch zu Tisch, wechselt mit allen ein paar Worte. Wie traurig, dass von unseren gemeinsamen Freunden niemand gekommen ist. Was soll's. Emina macht trotzdem weiter. Ihr Herz sagt ihr, was richtig ist, dieser faustgroße Muskel von 300 Gramm.

In Eminas Revier oder
Streifzüge in bosnischer Manier
von Reimer Boy Eilers

Himmel und Höhle
Marien-Porzellan
Bosnische Grammatik
Kroatiens Riesenkreuzer
Vergangenheit ist Vorspiel
Gespenster am Buffet
Café Dubrovnik
Der schwebende Chor
Jugoslawische Wurzeln
Schwäbischer Käfer
Latif, der Reisende
Das Dorf Putnikovići

Himmel und Höhle

Die Maschine schüttelte sich träge an der Frontseite einer Gewitterböe, die in Richtung Bosnien abzog, und senkte die Nase. Dubrovnik lockte mit seinem Namen, aber es zeigte sich nicht. In breiten grauen Wogen rollte der jugoslawische Karst heran. Der Flughafen von Dubrovnik lag im hintersten Winkel von Dalmatien, wo der bleistiftdünne kroatische Küstensaum auf die Grenzen von Bosnien und Montenegro traf. Fuchs und Hase sagten sich hier gute Nacht, abgesehen von altmodischen Zigarettenschmugglern. Der Rauch über einer Bergspitze am Horizont kam schon aus einem albanischen Schornstein. Denn die Küste von Montenegro nahm nur die Breite von einer oder zwei Buchten zwischen

Kroaten und Albanern ein, es gab hier mittlerweile mehr Grenzen als Menschen, die sie durchschauten.

Die Wolken sahen aus wie fliegende Lumpen. Sie stoben auseinander und machten die Sicht auf und dann ballten sie sich wieder zusammen. Sie waren weit entfernt von der Eleganz fliegender Teppiche, nach denen ich mich bald in Bosnien umschauen wollte. Dann waren die Wolken verschwunden und wo war die Adria?

Der Karst lullte mit seinem Grau das Auge ein. Altes Gebirg' aus griesgrau verwittertem Kalkgestein. Ein lasches Sowohl-als-Auch, in dem Sein und Schein und die Schatten sich vermengten. Unwillkürlich suchte ich in dem Geviert, dessen Draufsicht mir das Kabinenfenster gestattete, nach einem Stückchen Welt in schwarz und weiß, das einen Standpunkt anzeigte. Dabei war das müßig, und der nächste Moment brachte mir wieder die nötige Klarheit darüber, dass es nur die Distanz war, die mich hinters Licht führte.

Gleich würde ich mit beiden Beinen auf früherem jugoslawischem Boden stehen. Dann brauchte ich, falls mir der Sinn danach stand, nur querfeldein zu gehen, um zwischen Hecken und Ecken ein Abenteuer des Leibes oder der Seele zu suchen. Eine Reihe besorgter Frauen aus dem Familienclan der Čabaravdić hatte mich bei früheren Besuchen im Land gewarnt: Am Boden war der Karst alles andere als eine flaue Veranstaltung. Das Wasser schliff ihn nicht rund, wie ich es von den Steinen an der Nordsee kannte. Sondern der Regen setzte eine kriegerische Alchemie in Gang. Sein Wasser löste den Kalk und zerfurchte den Felsen, der sich mit Graten bedeckte, bis er an Stellen über den Boden sprang wie ein zu Stein gewordenes Gewitter.

Auf eine Einladung in den Karst durfte der Wanderer demnach kaum vertrauen. Am Ende war das Gelände auf Schritt und Tritt scharfkantig und schneidend und in seinen Schründen und Abgründen von Schakalen und giftigen Schlangen belebt.

Ich tippte meinem Nachbarn auf den Arm. „Kann man das Wort heute noch gebrauchen, *jugoslawisch*?“ Uwe Friesel, der neben mir auf dem Sitz zum Mittelgang saß, hatte grade einen Essay über Dubrovnik verfasst, den ich gern gelesen hatte.

„*Molim*“, sagte eine Stimme in meinem Rücken, als ob die Bordsysteme des Flugzeugs meine Frage an den Sprecher weiter gereicht hätten. – Bitte sehr. – „Jugoslawien war ein schlecht gekochter Eintopf. Mit einem eisernen Deckel drauf.“ Ich schaute mich um und blickte in ein munteres Gesicht, sparsam rasiert, die Wangen stoppelig wie der Karst unter uns. Der Akzent des Mitreisenden war eine Mischung von Slawisch und Schwäbisch, auch kein schlechtes Ragout.

„Machst du Urlaub an der Adria?“, fragte er mich, mit einem Blick voller Einverständnis. Ich ließ die Vertrautheit ein wenig auf mich wirken und überdachte meine Garderobe und meine kollegiale Ader.

„Das Reiseziel ist eine Künstlerkolonie“, sagte Uwe Friesel neben mir. Er war ein geduldiger Mensch, auch ein Pädagoge wohnte in ihm, und wenn jemand eine Frage hatte, beantwortete er sie. „Eine Woche werden Künstler und Literaten aus Deutschland und Bosnien auf der Halbinsel Pelješac zusammenkommen und zu einem Thema arbeiten: *Das Fremde in uns.*"

„Habt ihr so schlechte Erfahrungen gemacht? Wo seid ihr denn gewesen?" Der Nachbar auf dem Rücksitz war bass erstaunt. „Bei uns gibt es keine Fremden. Wir kennen nur Gäste. Eigentlich müssten wir jetzt einen Slibovitz trinken. Leider, die Umstände gestatten mir höchstens etwas flüssige Babynahrung im Handgepäck. Das machen die fremden Fanatiker heute mit uns. Aber keine Sorge, auf der Pelješac findet ihr Sveti Vlaho und seine Kroaten. Da kann nichts schief gehen."

Einen Moment erwog ich die zwingende Notwendigkeit, alle Missverständnisse in einem Gespräch zu klären. Uwe Friesel hatte sich wieder abgewandt, er hatte für die Dauer des Hinflugs die Funktion des Reiseleiters übernommen und war gefordert. Über den Mittelgang hinweg versuchte er die Befürchtungen einer Mitreisenden zu zerstreuen. Sie meinte, es habe eine Fehlbitte gegeben, unsere Ankunft betreffend. Und nun würden wir am Flughafen ganz jämmerlich stranden.

Ich war optimistischer gestimmt und neigte meinem neuen Reisekumpel zu. Der Heilige Blasius oder Sveti Vlaho war der Schutzpatron von Dubrovnik. Und die Halbinsel Pelješac hatte zum Gebiet der alten Handelsrepublik von Dubrovnik gezählt. Deshalb hielt Sveti Vlaho seine schützende Hand auch über die Bucht und die Pension am Adriatischen Meer, an dessen Rand wir für die nächste Woche logieren sollten. Anschließend würden die Mitglieder der Künstlerkolonie wieder nach Hause fliegen, und

138

ich wollte über Land weiter ziehen, Richtung Bosnien. Es hatte keine Eile und keinen Zwang.

„Ohne Fremde gibt es auch keine Gastfreundschaft," sagte ich. „Es lohnt sich, darüber nachzudenken. Aber nach Feierabend darf auch gebadet werden."

„Warum nicht, *Gospodin*, mein Herr, und vergiss nicht, dir einen Tag frei zu nehmen und die Blaue Grotte von Dubrovnik anzuschauen. Bei uns baut erst die Natur, dann kommt der Mensch, verstehst du? Sie ist wie die Grotte auf Capri, nur viel blauer und schöner."

„Das glaube ich gern, ich werde mich umtun. Und du? Entspannt auf Heimaturlaub?"

Mein neuer Bekannter war Maurer, seit fünfzehn Jahren arbeitete er für eine Baufirma in der Nähe von Stuttgart. Er führte das aus, und ich stellte noch eine weitere Frage: „Wirst du als Maurer nicht besser zu Hause gebraucht?" Dinko Kovatsch (er schrieb sich hier an der Adria vermutlich Kovać) machte eine zufriedene Miene. „Was denkst du wohl? Von wegen, was ich bei uns im Dorf tun werde? Rund um die Woche ..."

„Seid ihr eine große Sippe?"

„Sehr groß, das braucht viele Wände."

Der Maurer Dinko Kovatsch kam aus Dalmatien, sein Heimatdorf lag eben um die Ecke an der Küste, zwischen Dubrovnik und unserem Reiseziel. „Nach der Aggression sind die Besucher ausgeblieben. Leider auch die deutschen Gäste. Dabei ist es schon früher der beste Ort auf der Welt gewesen, um dort zu leben." Er nickte mir munter zu. „Im neuen Kroatien hab ich die Dinge angepackt."

„Das stelle ich mir vor", sagte ich.

Er holte ein wenig weiter aus. Zuerst hatte er das Haus seiner Eltern wieder hergestellt. „Sie hatten einen Treffer durch eine serbische Granate gehabt. Oder vielleicht montenegrinisch. Die Angreifer hatten ihre Artillerie auf dem Bergrücken oben im Karst in Stellung gebracht. Man konnte sie nicht sehen. Das hat Mutter damals am meisten verstört. Sie hat dann gleich bei mir angerufen, als das Telefon wieder ging. Verstehst du, die Angreifer hatten einfach kein Gesicht. Mutter sagte mir, der Antichrist sei mit Donner und Blitz herabgestiegen. Sie wollte das so betrachten, aber ich hab es natürlich besser gewusst. Am Ende war die Aggression vorbei, und bei Mutter das Loch in der Hauswand, das hab ich weggeputzt. Sie hat es praktisch wie neu", bekräftigte er.

Ich hörte ihm zu, während ich mir den Hals verdrehte, bis ich es schließlich mit der Anschnallpflicht etwas laxer anging, indem ich den Sicherheitsgurt lockerte. Auf dem Fensterplatz neben Dinko saß seine Frau und blätterte in einer Zeitschrift. Sie blickte kurz auf und widmete sich gleich wieder dem Inhalt, Schnittmuster, Strickmoden, etwas in der Art. Ich nahm den Maurer Kovatsch beim Wort: „Im Ernst, ist alles wieder gut?"

Er verzog sein Gesicht mit den Bartstoppeln zu einer breiten Einladung. „Wenn du ein Problem hast, echt, frag mich, Kollege. Ich kann alles reparieren."

Dann hatte er nebenan im Dorf begonnen sein eigenes Haus zu bauen, und seit einigen Jahren vermietete die ältere Schwester die fertigen Zimmer, solange der Maurer mit seiner Frau noch im Schwäbischen lebte. „Komm mich besuchen, wir trinken den Slibovitz zusammen. Oder einen Rotwein von der Pelješac, wie du möchtest. Und du schaust dich um, ob man bei mir nicht herrlich wohnen kann."

„Das ist nett. Hast du nur repariert und wieder aufgebaut? Oder hast du vorher auch ein paar Breschen in die Front geschlagen? Vielleicht einige feindliche Dächer abgedeckt?"

„Nee, ich hatte Glück. Während der Aggression war ich die ganze Zeit in Süddeutschland. Hast du schon mal darüber nachgedacht, was ein Haus bedeutet, Kollege? Ohne die eigenen vier Wände sind wir wie Vagabunden in der Fremde. Ich setze Ziegelsteine, einen auf den anderen, bis aus einem losen Haufen ein wunderschönes gerades Mauerwerk geworden ist. Das ist fast wie Religion, beinahe eine Art von Gottesdienst, mein Freund. Also, ich könnte niemals ein Haus zerstören. Höchstens wenn Serben noch einmal wiederkämen. Stimmt schon, dann gibt's eins aufs Dach. Hast du einen Schimmer, was damals alles geschehen ist?"

„Nun ja, möglicherweise, wenn du es mir erzählst."

„Das kann ich nicht, geht mir nicht über die Lippen. Auf die Friedhöfe sind sie eingestiegen, als der Mond in der Himmelsmitte stand. Die Welt war in grünes Wasser getaucht, und die Haare der gewaltsam Auferstandenen schwammen wie Bündel von Algen darin. Ich mag es nicht aussprechen, doch fragst du den Pfarrer in der Stadt Ston auf der Pelješac. Er hat die Belagerung von Dubrovnik miterlebt. An mir ging die Gewalt Gott sei Dank vorüber, weil ich in Stuttgart war. Wir leben dort in einer ruhigen Straße. Nur einmal hörte ich bei mir vor dem Haus ‚Mörder!‘ rufen. Als ich nach draußen ging um nachzuschauen, lag da bloß eine zerschrammte CD-Hülle ohne Musik.“

„Das ist seltsam. Ich habe noch nie eine CD-Hülle auf der Straße gefunden.“

„Natürlich nicht“, sagte er. „Manchmal geschehen Zeichen, wenn man eins seiner sieben Leben aufgebraucht hat.“

„Das wird wohl der Grund sein. Aber noch mal zu dem Pfarrer hier in Ston: Spricht er etwas Deutsch? Oder Englisch?“

Dinko Kovatsch grinste: „Der alte Don Vojislav? Glaub ich nicht. Warum kannst du kein Kroatisch, das ist ein Fehler. Aber macht nix, suchst du dir eine nette Frau in Ston, die ein bisschen Deutsch spricht und dir aushilft, was? Guckst du bei den Nonnen, die wechseln häufiger mal zwischendurch in ein deutsches Kloster. Wenn du keine findest, rufst du mich an, dann musst du eben mit einem männlichen Dolmetsch vorlieb nehmen.“

Der Stuttgarter und Dalmatiner Maurer war katholisch und damit war im großen Geflecht der Zugehörigkeiten alles für ihn entschieden. Ich war auf dem Weg in einen Teil Europas, wo die Etiketten eine gründliche Bedeutung hatten. Die Einheimischen wussten bei jedem Gespräch sofort, woran sie waren: der Dialekt, die Namen, kleine Gesten. Nur ich war beschränkt und ausgeschlossen vom allgemeinen Code und musste es jedes Mal unelegant erfragen.

Einerseits: Religion war auf dem Balkan kaum weniger als die Kartierung eines Minenfeldes. Es war gut, sich gelegentlich daran zu erinnern und sich mit Kompass zu bewegen. Doch empfahl es sich andererseits nicht, das offen anzusprechen. Mit wem ich mich auch bei meinen Aufenthalten im Land unterhalten hatte: Hans und Franz priesen die Tugend der Toleranz, alle hatten den *Kolo* als gemeinsamen Tanz - und verwiesen auf Freunde im anderen Lager. Gewiss, der *Kolo* allein - deutsch: Rad oder Runde, ein Reigentanz - war einen Besuch auf dem Balkan wert, doch ich wollte mehr als nur fröhlich sein ...

Meistens hörte ich so lange zu, bis mein Gegenüber diesen Standpunkt erschöpft hatte, und fragte dann weiter. Hier wohnten die Čabaravdić' und andere familiäre, lebenslustige Menschen wie Dinko Kovatsch, und die meisten redeten für ihr Leben gern. Winston Churchill hatte einmal gesagt, der Balkan produziere mehr Geschichte als er verbrauchen könne. Wenn der Historiker Churchill es getroffen hatte: Irgendwo mussten die Leute den Überfluss entsorgen. Also fingen sie an zu erzählen.

Ich schrieb es auf und nahm es mit.

Marien-Porzellan

Bevor ich mich wieder dem Flug widmete und hinaus auf den Karst schaute, hatte ich eine neue Frage an Dinko Kovatsch. Für uns Norddeutsche war Hannover ein logischer Abflughafen gewesen. Ich wunderte mich, dass er ebenfalls ein Ticket hoch im Norden gebucht hatte.

„Wir haben natürlich die Schwester meiner Frau besucht, bevor es in Richtung Heimat ging." Er brachte das in einem Ton leichter Verwunderung vor, als ob ich es mir hätte denken können. Die Schwägerin hatte ihnen einige Sachen mitgegeben. Unter anderem hatte seine Frau jetzt eine kleine, schmale Spitzendecke im Reisegepäck. Sie passte gut auf einen Mahagonitisch, um einen gepflegten Akzent in der Mitte zu setzen. Doch es war kein Geschenk, sondern ein Anliegen, das die Schwägerin damit auf den Weg gebracht hatte. Nach dieser Vorlage sollte die Großmutter im Dorf an der Adria die Spitzen für eine richtig große Tischdecke klöppeln, die man bei einem Essen für zwölf Personen auflegen konnte.

„Respekt. Hat die Schwägerin einen entsprechenden Tisch dafür?"

„Noch nicht, aber bald. Wenn sie zurück nach Dubrovnik zieht. Ihr könnt das nicht verstehen. Bei uns hat die Familie einen ganz anderen Stellenwert als bei euch in Deutschland. Es ist selbstverständlich für meine Frau und mich, dass wir den Umweg gemacht haben. Erst kommt die Mutter, dann die Schwestern."

„Meine Mutter klöppelt nicht, sie stickt. Als Junge hatte ich eine Phase, da verschlang ich bergeweise Wildwest-Romane. Groschenhefte, die mein Vater mit nach Hause brachte. Meine Mutter schenkte mir dann zu meinem zwölften Geburtstag einen Wandbehang mit einem wild bockenden Hengst darauf. Es war ihr eigenes Design. Sonst stickte sie Rosen und Heidekaten mit einer Menge lila Erika davor. Der schwarze Teufel von einem Westernhengst war verblüffend."

„Und hängt er heute noch bei dir?"

„Ist im Elternhaus geblieben. Bei mir hängen jetzt Ölbilder. Seestücke, meine Vorliebe hat sich verschoben."

„Das ist kein gutes Zeichen, man soll die Kindheit mit sich tragen. Ist dir bekannt, dass eure Winnetou-Filme alle bei uns in Kroatien gedreht worden sind?"

„Bei uns heißt es, diese alten Karl-May-Filme, das wären deutsch-jugoslawische Produktionen gewesen."

„Dabei wisst ihr praktisch nichts über den Balkan. Nicht mehr als Karl Mays Indianerheld. Entschuldige, wenn es nun mal ein Fakt ist."

„Vermutlich hatte Winnetou andere Sorgen. Aber Karl Mays Werk ist bunt. Und er hat eine komische Hauptfigur ins Leben gerufen: Kara ben Nemsi. Ein als Mohammedaner verkleideter deutscher Supermann. Den schickte er auf seinen Abenteuern durch die Türkei und quer durch Südosteuropa, von Istanbul bis Wien. Einer der Kara-ben-Nemsi-Romane spielt: *In den Schluchten des Balkans* - so der Titel. Hast du davon gehört?"

„Das mag sein. Trotzdem hat der Karl May nie bei uns im Land vorbeigeschaut. Hat sich die Geschichte aus den Fingern gesogen. Ich spreche von den Filmen, und der Drehort für die Winnetou-Western war der Welterbe-Naturpark Plitvicer Seen. Das ist unser ureigener kroatischer Boden. Egal, was sonst noch im fernen Belgrad gesagt wurde. Das Bewusstsein von der Heimat und der Heiligen Jungfrau von Međugorje werde ich stets mit mir tragen als etwas, zu dem ich aufblicken kann. So wie du es mit dem Wandbehang von den Händen deiner Mutter tun solltest. Ölbilder darfst du abhängen, sie lenken ab. Sag mir eins: Warum kann man sowohl Heilige als auch Menschen abbilden?"

„Nun, das ist ein anderes Thema. Du meinst, es gibt nicht genug Portraits vom Heiligen Blasius auf der Pelješac?"

„Alles wäre einfacher, wenn man auf Bilder vertrauen dürfte. Dass man zu ihnen ebenfalls aufblicken könnte."

„Ah ja, du sprichst dabei aber nur von Malern, keine Fotos, richtig?"

„Quark mit Soße, das ginge doch gar nicht." Dinko Kovatsch sah mich kopfschüttelnd an. „Ich wüsste nicht, welchen Heiligen ich mit meiner Kamera aufnehmen sollte. Du hast manchmal seltsame Ideen, Kollege."

Er redete noch weiter in der Art. Wir kamen also in einem gezielten Sprung von Dubrovnik mit seiner Blauen Grotte und dem Kirchenpatron Blasius zur Jungfrau Maria, die vor zwanzig Jahren einer Handvoll Kindern in den Karsthügeln bei dem Dorf Međugorje erschienen war. Der Wallfahrtsort lag schon jenseits der Grenze in Bosnien, einige Meilen vom rechten Ufer der Neretva, die ich hinaufziehen wollte. Das neue Lourdes des Ostens hatte eine erstaunliche Karriere hingelegt. Gut möglich, dass an diesem Vormittag neben unserem Billigflieger auch eine fromme Ladung Amerikaner in Dubrovnik einschwebte, mit der Destination Međugorje als spiritueller Alternative zu einer Kreuzfahrt. Einen Abstecher hatte ich auf meinem Weg nach Sarajevo ebenfalls eingeplant.

Dinko Kovatsch erweiterte seinen Rat. „Lass den Fotoapparat in der Tasche, wenn du dort bist. Der Weg lohnt nur, wenn du ein inneres Bild mit dir nimmst.“

„Was wäre außerdem mit einer Marienfigur aus Porzellan?“

„Ist keine Frage“, sagte er. Seine Bartstoppeln sprühten vor Wohlwollen. „Marien-Porzellan aus Međugorje hat eine nachhaltige Wirkung.“

Vermutlich war es einfach die Freude nach Hause zu kommen, die ihn das alles mitteilen ließ. Ich hörte es mir an und bog auf die näher liegenden Gefilde zurück. „Dann ist die Sache wohl geritzt. Erst einmal werde ich über die Halbinsel Pelješac wandern. Und wenn ich Probleme mit der Verständigung habe, weiß ich, wo ich anrufen kann.“

Ich setzte mich wieder korrekt auf meinen Platz und zog den Sicherheitsgurt straff. Der Kapitän meldete sich über Bordlautsprecher mit den Wetterdaten für den Flughafen. Am Boden hatte ich doch jemanden, den ich lange kannte und auf dessen Hilfe ich zählen konnte, und zwar auf dem ganzen Weg von der Stadt Ston auf der Pelješac bis nach Sarajevo. Einen Menschen, ohne dessen Bekanntschaft und Wohlwollen ich gar nicht erst hier wäre. Seit der letzten Reise mit Emina Kamber hatte ich außerdem versucht, ein paar Brocken Bosnisch zu lernen, ein anderes Derivat aus der gemeinsamen serbokroatischen Konkursmasse. Allerdings: Es tat nicht Not, das zu erwähnen und das eifrige Wohlwollen meines neuen Bekannten Dinko Kovatsch zu verscherzen.

Bosnische Grammatik

Mittlerweile hatte ich ein wenig Benimm angenommen, was die muttersprachlichen Empfindlichkeiten betraf, und gelernt hatte ich ihn bei der Lyrikerin, die zwar in Hamburg lebte, aber weiter in der Heimat publizierte. Emina hatte für ihre Gedichte einen Hausverlag, der in Tuzla ansässig war. Die Stadt lag im Norden von Bosnien, Srebrenica gehörte zu ihrem Einzugsbereich, und nach Belgrad war es nicht weit, ebenso wenig wie ins kroatische Pannonien. Nicht nur die Grenzen rings um Tuzla waren in Bewegung, auch der städtische Boden war nicht unerschütterlich, der Bergbau hatte ihn durchwühlt und beweglich gemacht. Manche innerstädtische Straße wies Spalten und Schlupflöcher in ungeschaute Regionen auf.

Irgendwann hatte ich auch Emina Kambers Verleger auf der Buchmesse in Sarajevo getroffen. Šimo Ešić aus Tuzla war ein ganz besonderes Gewächs: Er gehörte zu der Handvoll von bosnischen Kroaten, die nicht heim ins Mutterland wollten, sondern sich mit ihrem wackligen, von den Volksgruppen gebeutelten Staat identifizierten. Er liebte Sarajevo mit seinen vielen Minaretten, die am frühen Morgen wie die Masten verirrter Schiffe aus dem Nebel im Talkessel ragten.

Das war ein Blick und ein Geschmack, mit dem man sich in Zagreb, der anderen Hauptstadt, wenig Freunde machte. Dort gab es keine Minarette. Man feierte die hart und verbissen erkämpfte Unabhängigkeit und verteilte frische Pässe an die in der Welt verstreuten Landeskinder und ihre Enkel. Kroatien reichte ohne Zweifel von Bosnien bis Patagonien, kurz vor der Antarktis. Ich war dort unten, an der Magellanstraße, gleich dutzendweise auf waschechte Patagonier mit nagelneuen kroatischen Pässen gestoßen.

Šimo Ešić aus dem nahen Tuzla hatte bei diesem großkroatischen Volksfest nicht mitgemacht. Damit war er ein schwarzes Schaf in der katholischen Balkanfamilie. Aber das war kaum der Grund, warum er gebrandmarkt und gegen Ende der neunziger Jahre sogar mit einem Einreiseverbot ins Stammland belegt worden war. Schlimmer war es, dass Šimo Ešić sich im Sprachenstreit quer gelegt hatte. Der Verleger in ihm hatte nicht widerstehen können, als er eines Tages auf eine lange verschollene bosnische Grammatik aus dem 19. Jahrhundert stieß. Er hatte sie ausgerechnet in einer Zagreber Museumsbibliothek entdeckt, eine Kopie über die Grenze geschafft und in Tuzla als Reprint groß heraus gebracht.

Die Zagreber Heimatfront, die den Bosniern mit der falschen Kinderstube - also den Muslimen oder Bosniaken - gerade einen Feldzug geliefert hatte und ihnen jede eigenständige Entwicklung bestritt, hatte seine Aktion gar nicht witzig gefunden. Historische Tiefe war das Adelsprädikat auf dem Balkan, und nun hatte ein kleiner Verlag aus Tuzla der Öffentlichkeit bewiesen, dass Bosnisch keine neue Erfindung war, sondern ein ebenbürtiges Idiom. Beglaubigt mit einem kroatischen Bibliotheksstempel.

Zusammen mit Emina Kamber hatte ich in dem Stand des Verlages auf der Sarajevoer Buchmesse gesessen, Wasser getrunken und Kekse geknabbert, die Šimo Ešić über den Klapptisch reichte. Er besaß eine Vorliebe für Anekdoten, und ich unterhielt mich gut dabei, als er uns von seinem verlegerischen Handstreich erzählte.

Sein Mittelsmann in Zagreb, der ihm das rare Exemplar der Grammatik in die Hand gegeben hatte, war niemand anders als der Bibliothekar des Museums gewesen. Offenbar stellte dieser Mensch selber ein besonderes Exemplar unter den Köpfen des Landes dar, kein Nationalist von der Stange, sondern er hatte sich als Mitglied der universellen Brüderschaft der Bücherwürmer zu erkennen gegeben. Dementsprechend hatte er nicht viel dafür verlangt, als er das verbotene Buch aus dem Depot schmuggelte und es dem Verleger aus Tuzla zum Scannen überließ, nur eine brüderliche Geste der Anerkennung. Eine Flasche schottischen Whiskys sollte es sein, allerdings bestand er auf seiner Lieblingsmarke aus einer bestimmten Destille. Sonst, hatte er Šimo Ešić eröffnet und ein Auge gekniffen, wird doch nichts aus unserem Geschäft.

Das weckte nun meine Neugier, während wir bei Wasser und Keksen in dem Messegewusel beisammen saßen. Was konnte das für eine besondere Marke gewesen sein? Leider hatte Šimo Ešić den Namen dieses grammatischen Whiskys vergessen. Er verzog

bedauernd das Gesicht. „Zuviel Arbeit mit den Büchern.“

Ich betrachtete die erstaunliche Menge an Neuer-
scheinungen in den Auslagen des Verlags *Das bosnische Wort* und nickte. Wenn der Whisky ihm durch
die Kehle liefe, würde er es wissen, schob Šimo Ešić
hinterher. Kurzerhand machten wir uns an diesem
Abend nach Messeschluss an die Arbeit und suchten
eine nahe gelegene Bar auf. Die Poetessa Emina
blieb für ihre Person beim Gänsewein, doch sie er-
munterte uns. Trotzdem scheiterten wir bei dem
Versuch, den Whisky zu identifizieren, an den beschränkten Beständen hinter dem Tresen. Die Bar
führte die Marke offenbar nicht. Wir nahmen es
damit genau, und examinierten die vorhandenen
Sorten, ohne das sich unsere gute Laune über dem
Fehlschlag verlor, im Gegenteil, es war ein ausge-
macht lustiges Versagen.

Šimo Ešić stellte seine Aktentasche auf den Schoß,
suchte darin und zog ein Exemplar des Reprints
hervor. Er zeigte uns den Zagreber Bibliotheksstempel auf der Titelseite, freute sich diebisch und blätterte durch die Grammatik. Mit den Feinheiten des
Bosnischen wollte ich mich allerdings nicht in glei-
chem Maße befassen wie mit dem Whisky. Auf dem
linguistischen Gebiet kümmerte ich mich lieber um
die Weltsprache Englisch, von der ich mir etwas
versprach. Die pragmatischen Angelsachsen hatten
es früh auf den Punkt gebracht: Sprache ist Macht.
Nichts hilft einer Sprache mehr auf die Sprünge als
ein starker Staat und mächtige Institutionen, die sich
ihrer bedienen. Ich trank noch ein Glas von dem

Lieblingsgetränk der Angelsachsen und wandte mich
an Šimo Ešić und Emina.

„Manche Linguisten in England und Amerika arbei-
ten mit einer interessanten Definition. Sie meinen:
Der Unterschied zwischen einer Sprache und einem
Dialekt sind eine Armee und eine Marine.“

Emina kam ihrem Verleger mit einer Antwort zuvor:
„Was für eine beschränkte Sichtweise. Wir reden
über Poesie. Und nicht über die Arbeit von Soldaten
und Seeleuten.“ Ihre Augen blitzten, und über ihrer
Nasenwurzel stand eine energische Kerbe. Sie sah
einfach zauberhaft aus, trotz des anstrengenden Tags
auf der Messe, und ich war bereit für sie auf die Barrikaden zu gehen.

Bosnien hatte mittlerweile eine Armee, herrje, juch-
he! - aber keine Marine. Dafür eine lustige Whisky-
Kantine. Es war ein Feld-, Wald- und Wiesenland
mit einem einzigen Meeresstrand als Tor zur Hohen
See, und dazu eine Bucht mit Sonnenbad und Mu-
schelzucht, kein Hafen für Riesenkreuzer und Fre-
gatten, nur Lamm am Spieß bei 30 Grad im Schatten. Ich hakte mich bei Emina unter, jetzt oder nie,
und zog die Karte der Poesie.

Kroatiens Riesenkreuzer

Dann hatte ich auch meine eigenen grammatischen
Erfahrungen an der Adria gemacht. Wenige Jahre
nach den Bürgerkriegen hatte mich Emina Kamber
zu einer Lesung nach Poreč eingeladen. Die maleri-
sche Hafenstadt mit kroatisch-italienischer Vergangenheit lag oben im Norden des ehemaligen Jugo-

slawiens, auf der Halbinsel Istrien. Die Veranstaltung sollte im Innenhof der renovierten Hafenfestung von Poreč stattfinden. Schauspieler würden die Übersetzungen meiner Gedichte lesen.

Zweifellos war der Veranstaltungsort ein schönes, geeignetes historisches Gebäude. Es gefiel mir dort auf Anhieb. Und nach der Lesung sollte es ein Festessen im ehemaligen Burgturm geben, wenn das nicht affengeil daherkam. Ich war bestochen durch das Ambiente und freute mich arglos auf den Abend. Was ich dabei überhaupt nicht auf dem Radar hatte, war ein gewisser unpoetischer und untouristischer Umstand, nämlich die harte Tatsache, dass Kroatien eine Marine besaß. Gewissen amerikanischen Linguisten zufolge ... Aber das kennen wir ja nun ... Denn Reisen bildet, damals indes, muss ich gestehen, war ich im Beziehungsgeflecht von Sprache und Macht noch gar nicht bewandert genug. Selbst wenn mir also die Existenz der Kroatenmarine höchst präsent gewesen wäre, hätte ich die Relevanz für meine übersetzten Gedichte keinesfalls überschaut, eine mit Nordseewasser getaufte Poesie, die nunmehr in ihrem Hoheitsrevier schwamm, mit der Bitte um freundliche Aufnahme.

Kurz vor Beginn der Lesung hatten sich dann die engagierten kroatischen Mimen geweigert, meine übersetzten Verse in der Öffentlichkeit zu rezitieren. Platzte der Event über einer Laune von Schauspielern? War das eine balkanische Komödie? Dann hätte ich doch gerne die Pointe gewusst ... Ich war überrascht und hilflos. Schob mein deutsches Manuskript auf dem Café-Tisch zusammen und spähte zum Ausgang. Ich sollte doch ohnehin nur ein paar

Zeilen auf Deutsch zum Besten geben ... Was ging
hier vor? Was hatte ich mir zuschulden kommen
lassen? Ich wohnte im Haus einer Serbin, die mittlerweile in Österreich im Exil lebte. Vermutlich hatte
sich meine Residenz in der Kleinstadt Poreč herum
gesprochen, doch konnte das ein Grund für eine
derartige öffentliche Diskriminierung sein? Was
ahnte ich denn, in welche Fettnäpfchen ich bereits
getreten war? Da gab es Miroslav, dessen Weinkeller
ich am Abend zuvor ausgiebig inspiziert hatte.
Miroslav war Montenegriner und hatte montenegri-
nische Lieder gesungen. Aber er lebte seit dreißig
Jahren in Poreč, hä? Da war doch alles im grünen
Bereich, oder?

Emina Kamber klärte mich schließlich auf. Die Poetessa und Übersetzerin hatte eine längere und erreg-
te Diskussion mit Schauspielern und Veranstaltern
geführt. Nur zu gewiss war ihre Fassung meiner
Gedichte im überkommenen jugoslawischen Serbo-
Kroatisch gehalten und berücksichtigte nicht die
neuen kroatischen Sprachnormen. Ein Beispiel gefäl-
lig? Brot hieß nun etwa *kruh*, und man bekam im
ganzen Staat Kroatien keine Scheibe Brot mehr im
Bäckerladen, wenn man auf Serbo-Kroatisch nach
hleb fragte. Obwohl jeder Bäcker und jede Verkäufe-
rin verstand, was gemeint war. Tomaten waren aus
dem Garten Eden ausgemeindet und durften nicht
mehr *paradajz* (Paradeiser) heißen. Die Bosnier, mit
ihrer kolonialen Erblast, hatten einfach zu viele
habsburgische Begriffe in ihrem slawischen Wortschatz weiterleben lassen. Also kurz gefasst, das
bleiche *hleb-Brot* und die roten *paradajz* (Paradeiser)
brachen meinen wasserblauen Gedichten in Istrien

das Genick. Andere Leute hatten Schlimmeres erfahren.

Wenn Patagonier Kroatisch reden;
dringt der Jubel bis nach Schweden.
Das macht gewiss die polyglotte
Groß-Zagreber graue Hochseeflotte.
Seh' ich dann Kroatiens Riesenkreuzer -
Aufgepasst, ihr Bratfischschnäuzer! -
hab ich Angst vor einem Geysir.
Ach, komm schon, Kollege, sei lustig,
wenn ich dich rasier'.
Am Ende ist alles nur weißes Papier.
Auch die Seemannsmission ist guter Dinge,
für alle Katholschen gibt's Rettungsringe.
Und rammt die Marine mal die Adria ...
Ahoi! Aus dem Weg! Aha, aha!
So vollbemannt an der Waterkant,
echt jetzt, ist doch kein Thema.
Vergisses, ich sage: *Nema problema*!
Das Wichtigste in allen Marinegefahren
ist Korrektheit, um nach Vorschrift
mit dem nagelneuen Seenotschiff
die Rettungsmanöver zu fahren.
Platz da! Halleluja! Tatü tata!
Ich bin da! Da! Dada.

Vergangenheit ist Vorspiel

Im Westen begriff niemand die Unbedingtheit dessen, was sich da anbahnte, als sich die Völkerschaften im ehemaligen Jugoslawien nach dem Ende des Kalten Krieges entlang ihrer Religionen und Dialekte gesammelt und mordsmäßig entzweit hatten. Bei uns machte gerade der amerikanische Politologe Francis Fukuyama mit der These vom Ende der Geschichte Furore. Aber die Jugoslawen blieben stur auf der historischen Linie des alten Winston Churchill. Sie produzierten Geschichte auf Teufel komm raus, also in einem völlig unverdaulichen Buffet zum großen Fressen. Als Hauptgang hatten sie die jüngsten blutigen Kampagnen auf dem Kontinent serviert.

Derweil logierte nebenan in Westeuropa unverdrossen die Postmoderne, mit der meine Generation groß geworden war, und spielte lässig wie eine Truppe vom Zirkus Roncalli ihre Weise vom Gang der Geschichte. Ihr Credo hatte die Postmoderne bei dem kalifornischen Philosophen Paul Feyerabend geborgt, der mitten im Kalten Krieg und noch zu Lebzeiten des jugoslawischen Titanen Josip Broz Tito die Parole ausgegeben hatte: *Anything goes.*

Irgendjemand hatte da eine Menge missverstanden. Draußen in der Welt fanden sich zwei Charismatiker zusammen: Tito und Che. Die Helden aus der Bewegung der Blockfreien. Jongleure in der Kunst asymmetrischer Konflikte. Das zielte nicht allein nach Afrika und sonst wo hin. Ab und an sprachen sie, nur zu gewiss, auch daheim ultimative Urteile. Terminale Sentenzen, die keine weiteren Nachrufe duldeten. Es ging den Beiden eben nicht alles durch, und Apostasie ging gar nicht. Auch nicht, oder vielleicht schon gar nicht, wenn man aussah wie der heutige Jesus und sein Manager.

War das schon die Parusie? Keine Frage für zarte Gemüter. Manchmal war gut reden. Dann wieder wurde getan, was getan werden musste. Später konnte sich Jeder auf seine Sichtweise berufen. Oder sagen wir gleich, Manege frei! Nur Veganer missverstehen Katzen. Nicht zum Blümchenpflücken sind die hübschen Tatzen.

Sagen wir, ich hatte etwas nachzuholen, als ich die Poetessa Emina Kamber traf, die mich bei der Hand nahm, in Hamburg von der Straße holte und auf den Balkan führte. Sie rezitierte Gedichte mit der magnetischen Mimik einer Diva, weshalb ich gar nicht bemerkte, dass sie Sieben-Meilen-Stiefel trug. Für mich hatte auf dem weiten Feld der Postmoderne lange die Flower Power geblüht. Die Beatles zeigten Uniformen, die Titos grandiose Schneidereien mühelos in den Schatten stellten. Die neuen Mitglieder von Sergeant Pepper's Band traten in die Truppe ein, die den Lauf ihrer Gewehre mit Rosen und Nelken schmückte und dem Jüngsten Gericht ein paar geniale Pauken- und Trompetensoli, nicht zu vergessen die Gitarrenriffs, voran schickte.

Als die jungen Frauen vor der Roten Flora in Hamburg damit begannen, ihre Haare pink und neongrün zu färben, war ich schon zu alt, um mich bei ihnen unterzuhaken. Dennoch hörte ich weiterhin Scott MacKenzie, Gott hab ihn selig, der mich eingeladen hatte: *„If you come to San Francisco, be sure to wear some flowers in your hair."* So ging das *easy* weiter oder *Easy Rider*. Es war ganz leicht: Hamburg hatte als Dauerbrenner das Musical *Hair* auf dem Kiez und die alternative Rote Flora in der Schanze. Es war das Zeitalter des Wassermanns und Frisco lag nebenan. Demgegenüber war ein Kopf wie der meine kaum dazu geeignet, um die Wucht der metaphysischen Maschine auf dem Balkan zu verstehen. Vermutlich musste man Ire, Israeli, Ruander oder Palästinenser sein, um zu kapieren, was die Jugoslawen unter sich angerichtet hatten.

Allerdings das: Meine Kollegin Emina Kamber hielt mir nun einen Spiegel vor. Sie sagte: „Nichts geht bei uns im früheren Jugoslawien ohne Geschichte." Und die Geschichten lieferte sie gleich dazu. Es war die Kernschmelze der Thesen von Paul Feyerabend und Francis Fukuyama. Aber es war noch nicht mein Abschied von Kalifornien oder Washington. Die Weltmacht hatte einen tief gestaffelten Vorrat an Deutungen für das Zeitgeschehen, und ich war nicht bereit, mich von einer bosnischen Dichterin einfach entführen zu lassen. Bevor ich mich in den jugoslawischen Karst begab, machte ich noch einige Suchbewegungen in vertrautem Gelände. Nun erinnerte ich mich an einen Spaziergang in Washington, der mich auch am Nationalarchiv vorbei geführt hatte. Das Gebäude trug eine Inschrift: *Past is Prologue*. Vergangenheit ist Vorspiel.

Besonders bunt und verletzend waren die Loyalitäten der Geschichte in Bosnien verteilt. Dort lebten Katholiken, Orthodoxe und Moslems getrennt und zugleich querbeet. Die ersteren waren demnach Kroaten, die Orthodoxen waren Serben, und für die Moslems hatte es sich nach dem Krieg eingebürgert, sie als Bosnier zu bezeichnen. Jedermann wusste, dass dieser Sprachgebrauch nicht korrekt war, trotzdem hatte er sich durchgesetzt. Bosnier waren eigentlich alle Bürger des Staates, unabhängig von der Religion. Früher hatte man die Moslems im Lande häufig Bosniaken genannt. Doch das war ein abschätziges Wort.

Anders als der Nachbar Bosnien war Kroatien seine Minderheiten in den jugoslawischen Erbfolgekriegen gründlich losgeworden. Dafür hatte nicht allein der General Gotovina gesorgt. Auf der Halbinsel Pelješac hatten Bulldozer die Häuser der geflohenen Serben platt gemacht, um sicher zu stellen, dass kein serbischer Flüchtling eines Morgens wieder vor seiner alten Tür stand. Wie Dinko Kovatsch dem Flugreisenden nunmehr versicherte, lebte Sveti Vlaho dort mit den Seinen unter sich. Und alle Frauen hießen Maria.

Nun doch: Keine Regel ohne Ausnahme. Eine Frau auf der ganzen großen Halbinsel hieß anders. Sie war Muslimin und die Irregularität, welche die Regel bestätigte. Meine Kollegin und bosnische Reisegefährtin Emina Kamber besaß ein Landhaus mitten auf der Pelješac. Emina würde am Flughafen sein und uns abholen.

Gespenster am Buffet

Der restliche Landeanflug auf Dubrovnik gab sich unspektakulär, die Karstlandschaft als schüttere Hügel, die jetzt im Frühjahr einen grünen Anstrich in den unteren Lagen trugen. Kein Kontrast durch die knallblaue Adria, auch keiner durch die schwarzen Berge von Montenegro. Die wahren Geheimnisse des Kalksteingebirges entzogen sich der Draufsicht, die Karsthöhlen mit ihrer Säulenarchitektur aus Sinter und einem Schlundfluss als Ausgang, die Quelltöpfe, Dolinen und Poljen, die Versickerungen und verketteten Seen in ihrem unterirdischen Wirken.

Nach der Passkontrolle sammelten wir unsere kleine Reisegesellschaft vor dem Flughafengebäude und warteten auf Emina. Die Poetin und Malerin Emina Kamber war nicht nur zuständig für die Künste. Sie war auch die Mutter der Kolonie, betraut mit der Unterbringung und dem Transport. In diesen Fächern hatte sie spätestens seit dem Bosnienkrieg Übung, wo sie in Hamburg einen Strauß von Flüchtlingen bei sich aufgenommen hatte und wo sie Transporte mit Hilfsgütern für das eingeschlossene Sarajevo und ihre Heimatstadt Kakanj am Bosna-Fluss organisiert hatte. Am Ende besaß sie bei uns an der Elbe eine Garage, wo sie ein Aufgebot an Töpfen, Kesseln, Bratpfannen, Servierplatten und Gedecken für sechzig Personen lagerte. In Friedenszeiten veranstaltete sie künftig bosnische Kulturabende, an denen sie die Vermählung der Kunst und der Culinarie feierte, um die abgezehrten Gespenster aus ihrem Kriegstagebuch zu bannen. Die Besucher ihrer bosnischen Abende schwankten zwischen Bühne und Büffet und wussten oft nicht, was von beidem sie an diesem Ort verführt hatte.

Wenn sie mich fragte, hatte ich Emina Kamber, die mit Mädchennamen Čabaravdić hieß, in den Zeiten des Krieges zur Seite gestanden. Vor einigen Jahren hatte sie mir einen Kelim geschenkt, einen gewebten bosnischen Teppich.

Dann waren wir ein paar Mal zusammen im Land gewesen, das einen Umriss hatte wie ein Lindenblatt. In Visoko - einem weiteren Städtchen zwischen Kakanj und Sarajevo - waren wir am Bosna-Fluss spazieren gegangen. Anschließend hatten wir uns die Innenstadt angeschaut,, wo es einen Basar gab, dessen Läden sich durch die Čabaravdić–Gasse zogen. Emina, klare Sache, stammte aus einem Geschlecht von Kaufleuten am Bosna-Fluss. Ich dagegen war ein armer Fischersohn von der Nordsee.

Eines Tages stellte ich fest, dass ich mich hinterrücks in dem bosnischen Gewebe verstrickt hatte. Ich musste mich ernstlich damit beschäftigen, um wieder hinaus zu finden. Falls ich das überhaupt vorhatte, denn mittlerweile liebte ich die Kelims und andere Textilien und Lilien des Landes. In diesem Jahr wollte ich mit Emina die alte Karawanenstraße von Dubrovnik nach Sarajevo hinaufziehen, von der Adria über die neuen Grenzen bis ins Kernland der bosnischen Berge und des Familienclans, zu dem meine bosnische Kaufmannstochter gehörte. Warum die Reise nicht hier und heute in ihrer Künstlerkolonie starten? Einem über die Woche ausgebreiteten und aufgefädelten Kulturabend in Dalmatien? Flagge zeigen auf der Halbinsel. Am Ende der Woche noch einen Schlenker ins Innere der Halbinsel machen, Station in dem alten Dorf Putnikovićii, wo Eminas Ferienhaus der Wildnis und den politischen Wirren trotzte, bevor es für mich über die bosnische Grenze ging.

Am Vorabend der Reise hatte es ein Treffen in Eminas Hamburger Wohnung gegeben, natürlich mit Büffet. Zwischen Blätterteigtaschen voller Schafskäse, den Čevapćići und eingelegten Paprika, dem geräuchertem Rinderschinken und verstreutem Lorbeer und Thymian von der Pelješac hatten Uwe Friesel und ich versucht zu sortieren, was uns vor Ort erwartete. Wir konnten es uns an den fünf Fingern abzählen. Emina war also Muslimin, und wo es schon keine orthodoxen Serben mehr auf der Halbinsel Pelješac gab, war sie außerdem die einzige Bosnierin, die ihr Hab und Gut behalten hatte. Damit war sie nun eine doppelte Fremde in dem neuen Staat, eine Frau mit den falschen Festen, dem falschen Essen und dem falschen Pass. Am Hamburger Ende, nach einigen Gläsern selbst gebranntem Slibovitz, waren Uwe Friesel und ich uns einig gewesen: Eigentlich bräuchte die Künstlerkolonie in den nächsten zwei Wochen bloß über Eminas Existenz auf der Halbinsel Pelješac zu meditieren, um genügend in den Abgründen des Fremden in uns zu loten.

Die Sonne am Flughafen von Dubrovnik stieg höher und sandte ein gleißendes mittelmeerisches Licht über die Zufahrt zum Terminal. Gegenüber spannten Pinien und Aleppokiefern dunkelgrüne Schirme über die Parkbuchten, und Oleander zauberte farbige Schatten auf den Beton. Uwe Friesel, mit seiner Bürde des Reiseleiters auf dem Flug, versuchte Emina übers Mobilfon zu erreichen, er landete auf der Mailbox. Wir waren zu acht oder zu neunt, und als er das Handy vom Ohr nahm, fragte Beate mit spitzer Stimme: „Wann hast du das letzte Mal mit ihr gesprochen? Sie weiß doch, dass wir kommen, oder nicht? Der Balkan ... Und nun sind wir hier gestrandet ...“

Schon warf die Sonne Lichtsterne auf Beates Koffer, es war der größte seiner Art, ein nachtblaues Hartschalenmodell. Sie nannte ein Universum ihr eigen, und ich vermutete in diesem Moment, sie ahnte es nicht einmal. Eines meiner Lieblingshörspiele war zweifellos: *Per Anhalter durch die Galaxis.* Laut Douglas Adams hieß das Leitmotiv des Reiseführers, den der Anhalter stets dabei haben sollte: *Don't panic!*

„Sicher ein Verkehrsstau auf der Küstenstraße", sagte Uwe Friesel wie ein alter Radiomoderator.

Die Zahl der Flughafengäste war überschaubar, einige Schritte weiter wartete Dinko Kovatsch mit seiner Frau darauf, abgeholt zu werden. Ein schwarzer Audi nahm die Straße zum Terminal mit Schwung, stoppte hart am Bordstein, und der Fahrer sprang bei laufendem Motor aus dem Wagen. Dinko Kovatsch gab einen Freudenschrei von sich, und die beiden fielen sich in die Arme, hin und weg. Aber da war noch Raum für etwas anderes, eine Kleinigkeit. Bevor er einstieg, winkte Kovatsch mich heran. Ich machte einige Schritte. „Wenn du warten musst, geh doch die Schauhöhle unter dem Flugplatz angucken", sagte er. „Superaktuell, eben renoviert, ich war leider noch nicht drin. Ist wie unsere alte Blaue Grotte in Dubrovnik, nur diese ist echt neuer und schöner."

Emina war weiterhin nicht zu erblicken, als ich die Zufahrt hinunter sah. „Ich muss mal für kleine Jungs, Uwe", sagte ich und ging zurück ins Flughafengebäude. Wo war der Informationsschalter? Ich trieb mich an. Und gottlob, zeitig genau, es passte noch alles, war ich unter Tage, nachdem ich gerade noch über den Wolken gesessen hatte. Im rückwärtigen Teil dieses Flughafens fand sich der Einstieg, schmal, doch mit einem Geländer aus rostfreiem Stahl, und am Ende der Treppe endemische Höhlenmolche.

Dinko Kovatsch hatte mit seiner speziellen Ausdrucksweise recht gehabt. Wir waren nicht einfach auf dem Flughafen von Dubrovnik gelandet, sondern auf einer Super-Säulenhalle von hyperaktuellen Ausmaßen: nämlich eine Länge von zweihundert Metern und zehn Metern Höhe. Nach knappen schriftlichen Ortshinweisen von Höhlenforschern wuchsen die Stalaktiten und Stalagmiten unter dem Luftverkehr noch, was man von einer zweiten unterirdischen Lebensgemeinschaft neben den Molchen, der Fledermauspopulation, nicht behaupten konnte. Genau genommen hatte sich die Zahl der Tiere über die Jahre stetig vermindert, oder sagen wir gleich: Es gab auf dem Flughafen von Dubrovnik keine Fledermäuse mehr. Bah, reden wir nicht mehr darüber … Wo gehobelt wird, da fliegen eben Späne. Dafür hatte die Betreibergesellschaft keine Kosten gescheut und 350 000 Kuna investiert, um die Unterwelt zu sanieren, wie ich einem weiteren Hinweis vor Ort entnahm. Ein radikaler Elan hatte dort einen Souvenirshop errichtet, sauber und *up to date*, samt subterranem Multimedia, auf das ich einen Blick im Zeitraffertempo warf.

Café Dubrovnik

Vor dem Terminal hielten Emina und Mirsada, wir brauchten zwei Autos für unseren Transport, und die Gruppe hatte bereits alles verstaut bis auf meine Sachen. Ich griff mir die Reisetasche, stellte sie rasch zu dem anderen Gepäck in Mirsadas Audi und schwang mich auf den Beifahrersitz. Die Marke und das Witwenschwarz der Karosserie schienen beliebt auf dem Balkan zu sein, nur hatte Mirsadas Kombi schon etliche Jahre und Kilometer mehr auf dem Buckel als das im Wohlstand glänzende Exemplar, in dem Dinko Kovatsch davon gefahren war. Auf dem Armaturenbrett schrieb ich ein *PP* in den grauen Staub, *PP* für die „Pension auf der Pelješac", wo ich in der nächsten Woche genügend Platz für mich am Schreibtisch finden musste.

Der Innenraum des Wagens roch nach frischer Farbe, unter dem Gepäck transportierte der Kombi die Materialien für die Malwerkstatt. Ich entspannte mich auf meinem Sitz; mit Mirsada, der Schmuckdesignerin, die ihre Produkte auf Flohmärkten verkaufte, war ich bereits früher durch Sarajevo gefahren und ich hatte es genossen. Sie war der ruhende Pol im Verkehr gewesen, natürlich nur in einem bestimmten Sinn, wir hatten uns durchaus bewegt, morgen konnte ich das schiefe Bild auf der Terrasse über dem Meer verbessern.

An der Schranke vor der Ausfahrt warteten wir auf Eminas Lieferwagen und hängten uns an. In der bosnischen Gesellschaft hielt man auf klare Verhältnisse, jeder wusste, wer Köchin und wer Kellnerin war. Man konnte in einer scharfen Kurve ein paar Meter zurück fallen, aber niemand setzte sich vor die Köchin. Die Küstenstraße bot wechselnde Ausblicke auf das Meer, einer entzückender als der andere. Karsthügel schoben sich wie Theatervorhänge zwischen die einzelnen Panoramen.

Unvermittelt spielte ein anderes, gar nicht mehr entzückendes Stück. Auf einem Hügel neben der Straße prangte ein großflächiges Werbeplakat mit dem farbigen Bildnis des kroatischen Generals Ante Gotovina. Weiß Gott, ich war nicht amüsiert. In

Deutschland war General Gotovina keine bekannte Nummer, obwohl er an prominenter Stelle auf der Kriegsverbrecherliste des UNO-Tribunals für das ehemalige Jugoslawien stand. Gotovina war verantwortlich für die Massenvertreibung der Serben aus der Kraina, eine Nachbarregion Dalmatiens. In Kroatien war der General ein Nationalheld. Was für ein Zufall, dass Ante Gotovina die Flucht aus der Heimat gelungen war, bevor er an Den Haag ausgeliefert werden konnte. An der Dubrovniker Küstenstraße leuchtete ein Heros in vollem Kriegsornat zu uns herüber, ein Sergeant Pepper im Generalsrang; es war pervers wie eine Zigarettenwerbung, doch es fehlte der Hinweis: *Der Rauch dieser Zigarette kann tödlich sein.*

In einer Parkbucht neben der Küstenstraße machte unser kleiner Konvoi Halt. Auf der gegenüberliegenden Straßenseite befand sich ein Mirador, jedoch gänzlich ohne Infrastruktur. Der einzige Hinweis auf eine schöne Aussicht - Belvedere - war ein Flecken mit platt getretenen Gräsern. Wir überquerten mutig die Magistrale, auf der das Tempolimit jene Geschwindigkeit markierte, die von Adria-Automobilisten unter allen Umständen überschritten werden musste. Schon hüpften wir über die Leitplanke nach Außenbords, der Blick die Küstenberge hinab war es wert. Wieder hatten sich die Kulissen verschoben. Unter uns lag eine Spielzeugstadt, ein steinernes Becken voll roter Dächer, ein Fernhandelshafen mit allen fantastischen Accessoires des Mittelalters. Davor schwammen weiße, teils farbig abgesetzte Kreuzfahrtschiffe in einem glatten blauen Meer wie luxuriöse Quietscher-Entchen.

Auf einen Mokka oder zwei fuhren unsere Autos aus den Bergen hinunter zur Adria und vor die Zyklopenmauern der Altstadt von Dubrovnik. Emina und ich setzten uns ab, nachdem unsere Gruppe die Stadttore passiert hatte, und wir fädelten uns ein in den Strom der Passanten. die durch Dubrovniks Gassen fluteten. Dann fischte meine Führerin eine Person, einen Mann im grauen Poloshirt, aus dem Gewusel heraus, grüßte und wechselte einige Worte mit ihm. Eine Übersetzung sparte sie sich. Ich fand mich also in der bloßen Rolle des Zuschauers wieder. Eminas Gegenüber war mittelgroß, leicht untersetzt, im mittleren Alter und offenbar modebewusst. Sein Shirt trug ein Markenzeichen, das bewusste Popper-Krokodil auf der linken Brustseite.
Als wir weitergingen, bat ich um Aufklärung. „Und? Sag an - wer war das?"
„Der Imam der muslimischen Gemeinde von Dubrovnik."
„Jesses, so zivil und modisch? Wie heißt er denn? Gibt es noch viele Muslime in der Stadt?"
„Gewiss, sehr viele. Der Imam ist Effendi Salkan Herić."
„Du hättest ihn nicht so schnell ziehen lassen sollen."
„Nicht alles auf einmal, mein Freund. Wir treffen ihn wieder. Dann werde ich dich vorstellen."

Jetzt schlenderten wir durch eine der Geschäftsstraßen parallel zur Stradun, der dominanten Mittelachse der Altstadt. Mich interessierten auf dieser Reise vor allem die Begegnungen mit Kollegen und Einheimischen, ihre Befindlichkeiten und Einschätzungen der Lage in Bosnien. Doch im Abglanz der reichen Handelsstadt und ungebremster republikanischer

Prachtentfaltung konnte ich nicht umhin, mich ebenso für die Steine zu erwärmen. Die Schatzkammer der Architekten hatte von allem Dekor etwas. Da waren die Marmorreliefs versiegter Brunnen und wuchtige Säulengeländer an pathetischen Freitreppen. Ich beäugte schwere romanische Wölbungen und gotische Spitzbögen, Renaissancearkaden und den Überschwang barocker Portale.

Unvermittelt drehte Emina ab und ging in eine Bäckerei. Ich folgte in ihrem Kielwasser und registrierte, dass meine Cicerona eine größere Bestellung an Broten aufgab.

„Warum ausgerechnet hier? Können wir nicht später in Ston einkaufen? Das Städtchen liegt doch praktisch vor der Haustür unserer Pension.“
Sie schaute mich verständnislos an. „Dies ist eine bosnische Bäckerei. Hier kann ich mein Brot in gewohntem Serbo-Kroatisch bestellen. Und muss nicht ausgedachte ‚reinrassige‘ kroatische Wörter benutzen.“
„Kennst du die Bäckerei schon lange?“
„Nee, sie ist ganz neu!“
„Und wie hast du sie so schnell gefunden?“
„Das sieht man an den Auslagen im Schaufester.“

Ich sah nichts, aber es war deutlich, dass Emina ein besonderes Sensorium für das Bosnische und die Moslems in der Stadt hatte.

Brav nahm ich die Brottüten in Empfang, und wir schlugen langsam einen Bogen, um zu unserem Treffpunkt mit dem Imam zurückzukommen. Gegenüber der Kathedrale saß Salkan Herić auf der Terrasse vor einem Café. In Dubrovnik gab es eine

Redensart: Wenn du jemandem zum dritten Mal an einem Tag begegnest, geh mit ihm einen Kaffee trinken. Als Durchreisender mit geringem Zeitbudget konnte man die Messlatte auch etwas niedriger hängen.

Ich nutzte die Gelegenheit, mich nun von dritter Seite zu informieren. „Gibt es noch viele Muslime in Dubrovnik?"

„Wir sind nur eine kleine Minderheit."

Ich sagte: „Für manche Besucher schaut das gefühlt wohl anders aus."

Der Effendi nickte und nippte an seinem Kaffee. „Wir wollen uns nicht im Postfaktischen verlieren. Wünschen können wir uns viel. Besuchen Sie mich, wenn Sie wieder in die Stadt kommen. Unser Gemeindezentrum besitzt kostbare alte Bücher mit den heiligen Schriften."

Wir trafen die anderen Mitglieder unserer Künstlerkolonie vor dem Stadttor und marschierten gemeinsam zum Parkplatz. Ich stieg wieder bei Mirsada ein. Sie wischte ein wenig Staub vom Armaturenbrett, löschte auf die Art nebenbei meine Schriftzeichen, öffnete ihr Handschuhfach und zog eine Karte von Bosnien hervor. Manchmal gefiel es ihr, Deutsch mit mir zu sprechen, doch es strengte sie schnell an. Gewöhnlich verständigten wir uns auf Englisch.

„Für dich, damit du immer weißt, wo es langgeht."

„Danke Mirsada. In Bosnien brauche ich mehr Nachhilfe als anderswo."

„Ach geh! Was wichtig ist, das liegt doch in der Luft. Riechst du nicht das Lamm am Spieß? Dein Wissen fängst du mit der Nase ein."

Der schwebende Chor

Tag drei unseres Workshops auf der Pelješac. Überwiegend hatten die Teilnehmer den Tag zur freien Verfügung, erst nachmittags ging die Gruppenarbeit weiter. Die Halbinsel Pelješac zeigte zwei Gesichter. Eins war dem Meer zugewandt, das andere einem schmalen Gewässer vor der Festlandsküste. Schon hatten Emina und ich einen weiteren Ausflug gestartet, wir fuhren von unserer Pension auf der Wind- und Wasserseite quer über die Halbinsel zu den seichten Muschelgründen des Neretvakanals. An der Hafenfront von Klein Ston stand ein einzelnes großes Haus mit einer dicken roten Inschrift über dem Eingang: *Kapetanova kuča*.

„Dies ist das Haus der Kapitäne", eröffnete mir Emina mit einladender Geste.

Ihre schwarzen, lockigen Haare hatte sie unter einer weißen Schirmmütze gebändigt, sie trug ein weites Hemd in makellosem Weiß, schwarze Hose, weiße Schuhe. Genug des Wechsels und der Eindeutigkeiten. Doch es mochte an dem sein, sie musste wohl für sich im Privaten einmal damit anfangen, um auch die äußerlichen Verhältnisse in Form zu bringen, ihre Beziehung zu dem Land, der Pelješac, der Adria. Schuld und Unschuld, Gut und Böse, Himmel und Hölle. Schon rutschte mir die eigene Vergangenheit ins Bild. Als ich klein war und auch noch später, hatte mein Vater ein Kartenspiel voller Merksätze, die sich für ihn nie abnutzten, und die er so oft austeilte, dass ich mich an jedem von ihnen einmal wund gerieben hatte, und einer davon, der mir noch in den Kinderohren nachklang, lautete: Was du schwarz auf weiß besitzt, kannst du getrost nach

Hause tragen. Die Reibeflächen waren verheilt, auch keine nervtötenden Mittelohrentzündungen mehr, und es kitzelte jetzt nur noch ein wenig auf dem Trommelfell, wenn das Echo hochstieg.

Irgendwann sollte ich Emina vielleicht von meinem Vater erzählen, auch von seinem Krieg, der nicht der seine war, sondern, voll krass und echt daneben, das Schicksal eines jungen Mannes, kaum erwachsen, aberwitzige Feldzüge im Osten, nicht Balkan, sondern Baltikum bis St. Petersburg, der volle Einsatz des Lebens wozu aber? Zwischendurch Etappe in Norwegen, und zum Schluss an der Oder vor Berlin, im Fußvolk des Untergangs, war er der Fallschirmjäger einer Sondereinheit. Die letzten Wehrmachtsrationen seines Kommandos bestanden aus einem Mix von Sirup, Speck und Schnaps, ein früher Knaller von einem Suicide-Kämpfer-Cocktail, ein kruder Trank, geschöpft aus Walhallas Souterrain. Manche Soldaten überlebten, blau wie tausend Russen.

Ich sollte das bei Gelegenheit einbringen, vielleicht in einem Küchengespräch, bei mildem Schafskäse mit Thymian und einem nach Zwetschen duftenden Slibovitz, einem Selbstgebrannten von ihrem Schwager Osman aus den bosnischen Bergen, ganz bestimmt. Doch unterwegs in ihrem Land, oder dem, was einmal zu ihrem Land, Jugoslawien, dazu gehört hatte, fragte ich Emina in den Pausen hartnäckig nach ihrer Familie aus, nach deren verzweigten Schicksalen, nach vergeigten Chancen und nach dem, was die Leute sich in ihrer neuen Welt gerade im Vorübergehen an Sätzen zuwarfen.

Klein Ston, die *Kapetanova kuča*. Ich blieb einen Schritt zurück, um zu schauen. Die Dinge lagen halt so oder so, und die meisten Leute im Städtchen zogen sich hinter Mauern und in den Schatten zurück. Auch die Vögel sangen nicht mehr. Der Morgen war bereits zu weit fortgeschritten, nur wir beide, anzusehen als ein Touristenpärchen, liefen in der prallen Hitze umher. Jenseits von Stonlein, dem winzigen Ort, der nicht mehr war als der I-Punkt eines historischen Festungswerks, welches die Halbinsel Pelješac überzog, stand die grüne Macchia. Pinien, Lorbeer, halbhohes Gebüsch im Karstgebirge, die Blätter hart und mit Wachs überzogen zum Schutz in diesem sengenden Klima, wo die Sonne den Unvorsichtigen mir nichts, dir nichts das Wasser raubte.

Graue, langgezogene Mauern stiegen über die Berghänge, durchschnitten die Macchia und schnürten die Halbinsel vom Festland ab. Fünfeinhalb Kilometer war der *Ston-Wall* lang, die Große Mauer der Pelješac, ein Renaissance-Bauwerk der reichen und klugen Republik Dubrovnik, das gab es nicht noch einmal in Europa, und die nächst größere Version musste der wackere Mauergänger gleich in China suchen. Schon machte ich Pläne für den heutigen Tag, lockte mich der Fußweg, der graue Steinschnitt, hinüber in das größere Ston, Ston Nr. 1, den befestigten Ort auf der Windseite der Halbinsel.

Ein elegischer Engländer, Sting, der ehemalige Leadsänger der Punkband Police, hatte in seiner Solokarriere ein Lied gesungen, das den Nagel auf den Kopf traf: „*Only mad dogs and englishmen walk around in the midday sun.*" Nur Engländer und Unverbesserliche gehen in der Mittagssonne spazieren.

Die Zeilen schleppte ich mit mir in meinem Tagesrucksack wie ein paar Fussel oder Sandkörner, die man nie völlig los wird, und in solchen Momenten kamen sie mir unvermeidlich unter, wenn ich nach Gedanken griff, so wie man in den Rucksack greift. Ich ging im Süden recht bedenkenlos zur Mittagszeit umher, und heute begleitete mich Emina nachsichtig und freundlicherweise, sonst war sie in dieser Sache so vernünftig wie nur irgend die Leute im Lande.

Sie klatschte in die Hände, um einen Schwarm Fliegen zu verscheuchen, die von einem Haufen Muschelschalen an der niedrigen Kaimauer in Klein Ston aufgestiegen waren. Vielleicht war es auch nur Beifall auf offener Bühne, für wen? – Für die Architektur der Renaissance in diesem Nest, für die Kapitäne? Für die kleinen Freuden eines Ausflugs auf der Pelješac? - Dafür dass wir endlich weg von Deutschland und hier in Dalmatien angekommen waren? Einen Moment lang schwebte sie ein Meterchen über den Kalksteinquadern der Hafenmole. Ich machte die Augen weit auf, direkt in die Licht sprühende Sonne hinein. Jetzt war es misslich, dass ich keine dunkle Brille trug, die der Überbelichtung des Gehirns vorbeugte und optische Fehlschlüsse vermindern half, und wieder stellten sich eine Menge Fragen. Seien wir uns darüber einig: Die Elevation war unwahrscheinlich. Emina war zu gut ernährt dafür. In einer touristischen Broschüre über die Halbinsel Pelješac hatte ich einen Chor schöner junger Frauen entdeckt, in farbenprächtige rote, gelbe, grüne Landestracht gekleidet, wie sie über einem Pflaster schwebten. Aber das war der Effekt einer ungeschickten Fotomontage gewesen.

Hatte Emina sich diesem Chor zugesellt?

Vermutlich nicht, bestimmt nicht, eigentlich könnten wir unseren Hals darauf verwetten, dass sie nicht, denn sie war in diesen stocknationalistischen Zeiten gar nicht gut auf kroatische Folklore zu sprechen. Sie war eine praktische Frau, die mit beiden Beinen fest auf dem Boden stand, mittlerweile hatte sie sogar einen deutschen Pass als Rückversicherung. Trotzdem traute sie sich in der Öffentlichkeit nicht, hier, in dem näheren und weiteren Landstrich Dalmatiens, ihre bosnischen Liebeslieder zu singen. Dabei hatte sie eine CD mit den schönsten Liedern aufgenommen und war damit drüben, auf der anderen Seite der plötzlichen Grenze, in Bosnien und Herzegovina, *BiH*, im Fernsehen aufgetreten, was wohl das Gegenteil von Öffentlichkeitsscheu bedeutete, nun was hatte es hier, hüben, damit auf sich?

Emina hatte es mir geduldig erklärt: Sei vorsichtig auf Reisen, damit wir nicht entgleisen. Und das war die Essenz, wie ich es verstand, der Blick und das Ohr, mit dem sie mich begleitete und für mich übersetzte und mir nötigenfalls auch eine Kopfnuss versetzte, wenn ich nach ihrer Ansicht zu begriffsstutzig war: Das Klima hinter dem friedlichen Schein, der für die Welt leuchtete und der sich speziell auf die Touristen aus den Nato-Staaten richtete, blieb in Kroatien aufgeladen, merk dir das! Lauter zweibeinige Lügen, kapierst du? Bosnische Wortklänge aus der ehedem gemeinsamen serbo-kroatischen Sprache, türkische, orientalische Kadenzen in den Melodien, das war zu viel für die gut katholisch-kroatische Seele der Pelješac, merk dir das!

Emina würde in diesen Tagen also nie zu dem schwebenden Chor dazu gehören.

Ich zog ein Taschentuch hervor und wischte mir den Schweiß aus dem Gesicht, rieb mir die Augen. Allerdings: Seien wir uns auch darüber einig, es war eben geschehen. Dann drehte sich Emina auf der Bühne von Klein Ston zu mir und schenkte mir ein strahlendes Lächeln, denn sie hatte mich bereits in der ersten blauen Bucht nach unserer Ankunft zum Seemann ehrenhalber ernannt. Klein Ston – *Mali Ston*, nun mach schon. „An diesem wunderschönen Ort kamen die dalmatinischen *Kapetani* nach ihren Fahrten in geselliger Runde zusammen. Wie findest du das?"

Ich fand es großartig, wie sie mich anlachte, das war ja wohl klar. Das eine, was sie sagte, stimmte mit dem überein, was ich inzwischen über die Leute auf der Halbinsel Pelješac erfahren hatte, es gab hier wirklich eine Menge Matrosen und Kapitäne. Das andere, ob dieses repräsentative alte Gebäude mit der roten Inschrift nun wirklich deren Haus war oder das Haus der Kapitana, der Herrschaft, der Vogtei auf der Halbinsel, beließ mich in wandernden Zweifeln, während ich an Eminas Seite den Hafen entlang ging.

Jugoslawische Wurzeln

Uwe Friesel hatte beim Anflug auf Dubrovnik noch eine Bemerkung gemacht, Emina ist die geborene Reiseführerin. Da unten liegt ihr Land, du weißt es, und nirgendwo anders erlebst du sie auf diese Weise. Er hatte recht, es war nicht klug, Emina auf ihrem eigenen Terrain zu widersprechen. Es umfasste nicht nur die engere Heimat Bosnien, sondern das gesamte ehemalige Jugoslawien. Friesels Blick aus dem Flugzeug hatte es nahegelegt, und mein Spaziergang mit Emina an diesem Morgen reflektierte die Fragen auf dem Niveau des Meeresspiegels. Wie bitteschön kam der Bruch in die Welt? Was hatte es damit auf sich? Frage bitte einmal im Land herum: Wer hat es denn gewollt? Ich vielleicht? Wer hat angefangen? Mussten wir uns nicht verteidigen?

Es schwammen zweifellos mehr Fragen als Boote im Hafen von Mali Ston.

Stand der Mensch mit sechs Vaterländern besser da als mit einem? Serbien, Kroatien, Bosnien, Slowenien, Mazedonien, Montenegro, die schwarzen Berge, ach, uups, und sieben, und demnächst das Kosovo? Wer sagte ihr, bitte sehr, dass es mehr gewesen war als nur ein hirnrissiges Komplott? Die wahre Revolution war es, die Zukunft des Alten zu behalten, sich einen eigenen Reim drauf zu machen und unter den Verhältnissen neu zu verwalten. Nun halt, und widersprich nicht, es liegt doch auf der Hand: Worum geht es?

Bestimmt nicht um die Kapitäne.

Von dem großen Brocken Jugoslawien auf dem Balkan konnte man natürlich nicht alles auf einmal lieben. Es war zu viel selbst zum Überfliegen. Man musste das abschnittsweise tun. Vorlieben waren legitim. Also, man ging und schnitt sich seine Scheibe ab. Oder auch zwei. Und in dieser privaten Scheibenwelt hing Emina wiederum ganz besonders an der kroatischen Adriaküste zwischen Dubrovnik und der Halbinsel Pelješac, es waren Familienbande, und damit basta. Man liebte das Land und roch an seinen

Kräutern, Rosmarin, Lorbeer, Thymian, die als ein schwerer, die Nase betörender Duftteppich an jedem Wegesrand stillstanden, und man übersah die Schurken mit ihrem dünnen, stockfleckigen Geruch nach Enge und Tod und auch das rosa Schweinefleisch auf dem Esstisch, demnach schwierige Landeskinder und genauso schwierige Lebensmittel, die zwangsläufig dazu gehörten.

So widersprüchlich war die menschliche Natur, mal hier, mal da einen Bogen geschlagen, immer der Nase nach; und freundliche Zeitgenossen, den Kitt der Nächstenliebe schaffende Gemüter, gab es an jedem Ort, also auch hier, wo man sie brauchte, um jenseits des engeren bosnischen Zirkels in der neuen Welt auszuharren. Ivica gehörte dazu, der Landwirt und Pensionsbesitzer, unter dessen Dach wir in der Badebucht Aufenthalt genommen hatten und auf dessen Terrasse wir unseren Workshop organisierten. Ivicas marienfromme Mutter zählte eher nicht dazu.

Eines Tages, als meine Kollegin sich zu einem Schwatz in der Wohnung des Pensionsbesitzers aufhielt, hatte die alte, gut kroatische Dame gesagt: „Frau Emina, was machen Sie hier? Warum gehen Sie nicht nach Bosnien zurück?"

Wir ließen uns Ivicas Wein dennoch schmecken, den Roten wie den Weißen. Unser Gastgeber selber war dagegen peinlich berührt.

Ganz im Jenseits, auf dem Territorium von Nato und EU, war Emina Mitglied im ex-jugoslawischen Exil-PEN, und sie war die größte lebende Verehrerin von Tito und Che Guevara. Mir war diese Verbindung nicht von vornherein eingängig gewesen, aber Emina bewies mir, dass dies nun überhaupt kein Widerspruch war, wenn ich mich von meinem engen westlichen Blick löste. Wie recht sie hatte, noch für etliche andere Bosnier war das kubanisch-balkanische Doppel offenbar hip. Jetzt hatten wir Frühling, und als wir im Winter über die Vorbereitung der Reise gesprochen hatten, zeigte sie mir in ihrer Hamburger Wohnung ein Foto aus einer Disco in Sarajevo, wo die Konterfeis beider Commandantes nebeneinander an die kahle Wand gesprayt worden waren.

„Ist das nicht irre? Fast wie ein Poesiefestival!“

Kein Vertun, vergoldete Vergangenheit, einst hatte es auch ein reales Festival mit Tito als Schirmherrn gegeben. Für ihre Lyrik hatte Emina in Jugoslawien eine Armbanduhr als Auszeichnung bekommen, ein kräftiges Modell mit einem Armband aus silberfarbenen Kettengliedern. Die Uhr lag bei den ganz besonderen Schätzen auf dem Bücherbord in ihrer Hamburger Wohnung. Manchmal zog ich sie auf, wenn ich Emina dort besuchte, und dann erschien Tito alle zehn Sekunden auf dem Ziffernblatt, eine rein mechanische Auferstehung, die mich dennoch stets von Neuem verführte.

Wer im Exil eintraf, ohne ganz anzukommen, wer im schwimmenden Zwielicht des Morgens Wege vor und zurück bedachte, der häutete sich nicht einfach, und damit gut, das war's dann. Nein, er bewahrte seine Wandlungen auf wie eine Collection von alten Schlangenhäuten, und manche Frauen lernten am Schminktisch oder am Garderobenschrank einen Trick, den keine Schlange beherrschte, sie putzten

die alten schuppigen, schlangenledernen Formen
heraus und schlüpften nach Wunsch wieder in sie
hinein, auf Zeit. Schlangenkarneval, Karnevals-
schlangen, was weißt denn du schon vom Schlange-
stehen vor dem Schalter der Zeit, wo du auf ein
Visum wartest, für dich nach drüben, für die Deinen
nach hüben. Rein in den Schrank damit, raus aus
dem Schrank, Großreinemachen, mein Lieber.

Schwäbischer Käfer

Was bedeutete es, dass Emina ausgerechnet in Hamburg wohnte? Welche Verbindung hatte ich, hatte
die Hansestadt zum Balkan? Es bedeutete selbstverständlich nichts, und doch. Wenn Hamburger ihre
Zurückhaltung ablegten und auf hanseatische Weise
kess wurden, sagten sie gern: „In Harburg fängt der
Balkan an.“ Harburg also ...

Viele Leute hier in Dalmatien, und ganz besonders
in der alten Seehandelsstadt Dubrovnik, kannten
Hamburg. In Dubrovnik hatte ich einen Bekannten
auf meiner Besuchsliste, den Kirchenältesten der
serbisch-orthodoxen Kirche der Hl. Maria Verkün-
digung, Slobodan Simeonović, einen Matrosen, der
lange auf Hamburger Schiffen gefahren war und
dessen Söhne heute bei einer Rederei aus der Pfef-
fersack City unter Heuer standen. Aber nun Harburg, niemand hier unten auf dem Balkan kannte
Harburg, dabei liegt es, ein Vorort, gleich gegenüber
von Hamburg am Südufer der Elbe.

Längst, oder sagen wir: Länger schon als Emina
wohnte ich in einem Viertel am Nordufer, in Eims-
büttel, und ich war gern in der Großstadt, besonders

wenn ich mit dem Fahrrad unterwegs war und in alle
Sackgassen und alle Ecken schauen konnte. Doch
aufgewachsen war ich am Meer, draußen in der kalten Nordsee, und die Meinen leben heute noch auf
Helgoland. Die historische Situation auf der Pelješac
kam mir vertraut vor, und das hing folgendermaßen
zusammen: Hamburg und Dubrovnik waren zwei
Stadtrepubliken gewesen, die beide ihren Reichtum
und ihre Unabhängigkeit auf den Seehandel gegründet hatten. Sie brauchten sogenannte Vorwerke an
der Küste, um die Schifffahrt zu sichern, sei es gegen
Piraten, sei es mehr zivil durch die gründliche Kenn-
zeichnung der Fahrrinnen. Dubrovnik hatte sich zu
dem Zweck die Pelješac gekapert, und Hamburg
hatte sich im Mittelalter Helgoland unter den Nagel
gerissen. Erst hatte die Hansestadt auf der Reede
von Helgoland die Freibeuter-Flotte der Liekedeeler
vernichtet, Klaus Störtebeker gefangen genommen
und auf dem Hamburger Grasbrook geköpft. Dann
hatte sie auf dem Piratenfelsen von Helgoland einen
Leuchtturm errichtet. Über die Pelješac reden wir
noch.

Merkwürdig war die Sache mit Napoleon gelaufen,
diesem gemeinsamen Bekannten, der in beiden Städ-
ten kräftig auf den Busch geklopft hatte. In der Stadt
Dubrovnik war die Besetzung durch Napoleons
Truppen der Anfang vom Ende der freien Stadtrepublik gewesen, die Stadt musste ihre Flotte ablie-
fern und konnte in Zukunft froh sein, irgendwo
irgendwie dazuzugehören, zu Triest, Kroatien, Österreich. In Hamburg war die Chose genau anders-
herum gelaufen. Im Schatten der französischen Be-
satzung hatten die Hamburger als Allererstes ihren
Dom abgerissen. Nicht weil sie Banausen waren, das

waren sie auch, sondern weil das Domgelände bislang ewig und drei Tage, und allen Wandlungen der Hamburger Politik zum Trotz, unmittelbar der Souveränität des deutsch-österreichischen Kaisers in Wien unterstanden hatte.

Man muss sich die Gespräche in den Kontoren der Überseekaufleute einmal vorstellen. Da lockten weit draußen blaue Horizonte, doch im eigenen Hinterhof sah es düster aus. Mit anderen Worten: Der Kaiser, ein Binnenländer überdies, hatte über den Hamburger Dom stets einen Fuß in der Kontortür und dem Stadttor gehabt. Nicht gut für die freie Seefahrt, auch nicht für die Kaufleute, die reichen, nichtadligen Pfeffersäcke, schon gar nicht gut, wenn die Gründung der Stadtrepublik Hamburg auf einem mittelalterlichen Dokument beruhte, das die gefälschte Unterschrift eines kaiserlichen Uropas trug. Ein ergaunertes Testat unter der Eröffnungsbilanz, es war ein offenes Geheimnis gewesen. Dank Napoleon war die Stadt nun ihren Dom und damit alle höheren Bindungen los, Wien adé! Auf das zweifelhafte Mittelalter Hamburgs konnte mit revolutionärer französischer Hilfe gepfiffen werden, und in Zukunft handelte man so bürgerlich rechtschaffen als eine Freie und Hansestadt, als habe man an der Elbe nie etwas anderes getan, ohne jemanden draußen vor dem Stadttor, auf der anderen Flussseite, um Erlaubnis zu fragen.

Um einmal laut auszusprechen, was Jan und alle Mann bloß dachten: Wo lag denn Wien, du lieber Gott? Irgendwo bei Istanbul ... Denn in Harburg, wir wissen es bereits, fing nach Hamburger Wahrnehmung beinahe schon das Reich des Knoblauchs und der Muselmanen an. Sagen wir es rundheraus: Nur eine kleine Übertreibung, nur eine kleine kaiserliche Watschen-Abreibung, und bitte keine falsche Scham der Wegbeschreibung.

Wer den Schaden hatte, brauchte in Richtung Dubrovnik für den Spott nicht zu sorgen. Eine Seehandelsrepublik, ein geschäftstüchtiges Dubrovnik, eine Konkurrenz auf den Meeren weniger. Als Napoleon ausgespielt hatte und der Kaiser der Franzosen samt seinem Hofstaat von der englischen Flotte nach St. Helena im Südaltlantik verfrachtet wurde, segelten die Kapitäne von der Pelješac der Umstände halber für die österreichischen Handelshäuser durchs Mittelmeer. Die Landratten aus Österreich, mit Sitz in Triest, tasteten sich gerade erst vor auf das nasse Element. Für die fernen und feinen norddeutschen Hanseaten, mit ihren Konsulaten in Bahia, Batavia und auf Sansibar, war das keine Konkurrenz mehr auf Augenhöhe gewesen.

Die Sonne stand bereits mit ganzer Kraft am Himmel über Klein Ston, nichts störte ihre Kreise im blauen Luftmeer, keine verspielten Schäfchenwolken oder gar voll getakelte Wolkenschiffe mit Kurs auf Übersee, jetzt vielleicht auf Chile und Peru. Es war ein Malstrom aus Licht, der mich wieder die Lider zusammenkneifen ließ, weil ich nun mal keine Sonnenbrille trug, anders als Emina, die mit weiten dunklen Eulenaugen dahinschritt.

„Wie heißt bitte *Kakerlake* auf Bosnisch?“

Mir ging gerade ein sonniges Lied aus Lateinamerika durch den Kopf, deshalb Chile, Peru, und ich hoffte mit meiner Frage auf ein ähnlich schräges Wort, wie es *La Cucucaracha* bei den südamerikanischen Muchachos war. Sachen zusammen zu würfeln, das hatte ich schon früher in der Schule gemacht. Die meisten Lehrer, unsere Olympier mit Pensionsanspruch, waren darüber *not amused*, dann hieß es, Thema verfehlt. Es war meine Methode um Distanz herzustellen und dann einen zweiten Blick auf die Verhältnisse zu werfen. Jetzt wollte ich am liebsten die *Cucucaracha* in Eminas Muttersprache summen. Ich spielte mit Übersetzungen, und die deutsche Kakerlake war auch schon nicht übel. Aber auf Bosnisch? Emina war zu lange im kakerlakenfreien Hamburg wohnhaft gewesen. Sie wusste es nicht.

„Müssen wir Bedra fragen.“

Bedra sorgte für unser leibliches Wohl. Sie wartete in Praprattno auf uns, in der Badebucht, romantisch wie aus dem Bilderbuch, auf der anderen Seite der Halbinsel, ein paar Kilometer hinter Ston. Bedra war Eminas ältere Schwester und sie war in diesen Tagen mit einer weiteren Čabaravdić-Schwester, Mirsada, *Dada* gerufen und nicht zu verwechseln mit der Audi-Fahrerin, extra aus Bosnien zu uns herüber gekommen, um für uns zu kochen. In Praprattno waren wir mittlerweile eine Gruppe von einem Dutzend Leuten, wir wohnten in Ivicas Sommersitz am Felshang und hatten im Übrigen eine große Terrasse und eine Extra-Küche ganz für uns. Sehr vieles in Eminas Künstlerkolonien lief über Verwandtschaft oder Bekanntschaft mit austarierten Gefälligkeiten, um die Sache überhaupt erschwinglich zu machen, und der Pensionswirt stammte wohl nicht zufällig aus jenem Dorf im Innern der Halbinsel, wo Emina seit langen ein familiäres Stückchen Grund und Boden besaß, und damit gut.

Bedra klärte später über das Ungeziefer auf: *Bubaschwaba*. Schwäbischer Käfer. Angeblich sollten die Kakerlaken mit den ersten schwäbischen Kühlschränken, das ist in den dreißiger Jahren des letzten Jahrhunderts gewesen, nach Bosnien gekommen sein. *Buba* war das eingeborene Sammelwort für kleine Käfer, und die Schwaben, na ja, sie standen in Bosnien eigentlich pars pro toto für alle Deutschen. Okay, eine wilde Geschichte; da möchte ich doch mal fragen: Waren wir Kinder von Ajax und dem Weißen Riesen, wir blitzsauberen Deutschen, etwa weltbekannt für Ungeziefer? Durfte ich das glauben? Klar doch, warum nicht? Gute Geschichten glaubte ich stets gern, besonders solche aus bosnischem Mund.

War da etwa Konditionierung im Spiel? Aber klar doch! Je weniger ich zu Anfang geglaubt hatte, je skeptischer ich in gewissen Dingen gewesen war, auf spröde nordische Art, desto eifriger waren meine bosnischen Gegenüber geworden, desto mehr hatten sich brave Männer und Frauen vom Balkan ins Zeug gelegt, desto heller leuchteten die Gemüter. Die Frauen hatten mich mit schwerem Süßgebäck und Mokka traktiert, und die Männer hatten ohne Umschweife zum Slibowitz gegriffen. Beides hatte meinen Geist gleichermaßen geschmeidig gemacht und anpassungsbereit für die lokalen Wahrheiten. Danke dafür, ich wollte doch keinen beschränkten Hanseaten im blauen Blazer, zwei Reihen schimmernde Messingknöpfe und darunter das blauweiß gestreifte Hemd, abgeben.

Meine Lesart von Bubaschwaba war natürlich noch
verschärft: *Schwäbischer Bube.* Klar, ey Mann, ein Un-
gezieferchen, das sich weit südlich der Elbe herum-
trieb. Schwäbische Buben. Da konnte uns Hamburger eigentlich nichts mehr überraschen.
Bubaschwabas in den Taschen, ungeniert vom
Knoblauch naschen. Und das Lachen ungewaschen
... Da war ich nun gewiss Hamburger vom Scheitel
bis zur Sohle. Mund auf und Augen zu! Sag' ich
doch ...

Latif, der Reisende

Mali Ston war ganz mit dem Kalkstein aus dem
Karstgebirge erbaut, und hier rund um die Stadt
hatte die Mittagssonne eine merkwürdige Eigen-
schaft: Sie vertiefte allenthalben die Schatten, doch
zugleich entzog sie dem Kalkstein Farbe und Muster.
Während sie derart die Häuser mit bleichen Wänden
im Mittagsglast stehen ließ, setzte das gleiche Son-
nenlicht nebenan, auf dem Wasser, eine heftige
Postkarten-Palette von Blau und Grüntönen hinzu,
vom Tintenblau über das helle Babyblau zum glitzernden grünen Edelstein, je nach Tiefe des Wassers,
der Farbe der Klippen oder dem Sand des Meeres-
bodens und der Spiegelung des Himmels.

Die Adria lief an dieser Küste in den Neretva-Kanal
hinein, der nach dem smaragdgrünen Fluss aus den
Bergen Bosniens benannt war, weil die Spitze der
Halbinsel Pelješac dem Mündungsdelta der Neretva
gegenüber lag. Von dort wand sich das Meer auf
vierzig Seemeilen an schmalen steilen Küsten entlang

wie ein Fjord und endete bei Klein Ston am Fuß der Pelješac in einer farbigen flachen Bucht.

Viele Leute von hier verdienten ihr Brot auf dem Meer. Bevor der Tourismus an die Adria kam, hatte es auf der Pelješac mehr oder weniger nur eine Alternative gegeben: Seefahrer oder Weinbauer. Aber nun Klein Ston mit dem lächerlich kleinen Hafen? Kacheln kann es hier schon einmal, wenn der Nordwind, der Maestral, aus den Bergen herabfegt, und so gibt es vor dem Hafen einen Wellenbrecher aus dem 15. Jahrhundert, die imposanteste maritime Anlage der Ortschaft. Ansonsten war Klein Ston die falsche Seite, seefahrtstechnisch betrachtet. Die Große Fahrt spielte auf der Westseite, im Kanal von Pelješac.

Emina war eine geborene und in der Wolle gefärbte Binnenländerin. Sie kam aus Zentralbosnien und war zwischen Feldern, Wäldern und der Zwetschgenalm ihrer Familie mütterlicherseits aufgewachsen. Der Čabaravdić-Klan destillierte noch heute einen wunderbaren milden Slibovitz aus den Zwetschgen, die seine Angehörigen oben auf der Bergwiese über der Stadt Kakanj ernteten. Andererseits stand Emina dem Meer soweit fern und fremd gegenüber, dass sie nicht einmal Salzwasserfische aß. Das entschuldigte ihre Sicht der Dinge. Kein dalmatischer Kapitän, der auf sich hielt, würde sein Hauptquartier auf dieser Seite der Halbinsel aufschlagen, falls jemand meine Meinung wissen wollte.

In einem Muschelrestaurant auf der Klippe außerhalb der Stadtmauern tranken wir etliche Flaschen Mineralwasser und warteten darauf, dass sich die Tageshitze ermäßigte. Der Besitzer hatte noch Eminas verstorbenen Mann gekannt, Sejo Kamber. In besseren jugoslawischen Zeiten war die Familie mit den Kindern aus Putnikovići hierher zum Essen gekommen. Das verwunschene Dorf Putnikovići lag im Innern der Halbinsel, die Kambers hatten in dem Ort ein Haus, eine verfallene Ölmühle und ein paar Weinberge gekauft.

Ich ließ Emina mit dem Besitzer im Gespräch stehen und ging zu den Wasserbecken, in denen verschiedene Speisefische und Krustentiere auf ihre Kunden warteten. Doraden zeigten ihre glänzende Bauchseite vor. Langusten reckten ihren herrlichen Panzer dem hungrigen Betrachter entgegen. Es war noch nicht das Restaurant am Rande des Universums, das Douglas Adams erfunden hatte, und wo das Rind zu dem hungrigen Kunden an den Tisch kam, um zu fragen, welchen Teil von ihm der Gourmet nun gern serviert hätte, aber es war ein Anfang.
Später fragte ich Emina beim Mineralwasser: „Ihr seid häufig hier gewesen?"
„Oh, ja! Was denkst du?"

Es lag nicht gerade auf der Hand, wenn ich ihre Abneigung gegen Mariscos und Seafood betrachtete. Andererseits hatte mir auch niemand eine Garantie darüber erteilt, dass für mich auf dieser Reise alles widerspruchsfrei verlaufen würde. Seit ihr Mann gestorben war, hatte Emina den Besitz auf der Pelješac mit Energie und der Tüchtigkeit zusammen gehalten, die sie von ihrem Vater geerbt hatte, dem Tuchhändler Latif Čabaravdić. *Latif*, das war „der Reisende". Er hatte zu seiner Zeit die Tuchware eigenhändig in der Türkei eingekauft. In Mekka, Syrien und Marokko war er auch gewesen, und zwischen zwei Tuchstapeln hatte er zu Hause in Kakanj waggonweise Wassermelonen verkauft, irgendwie mussten die Reisen und die vielköpfige Familie finanziert werden.

In der verhältnismäßigen Kühle des Nachmittags fuhren wir langsam und mit offenen Fenstern quer über die Halbinsel zurück nach Ston. Ich verlor mich mit meinem Blick in den Zypressen, der Macchia und den Zyklopenmauern, mit denen die Republik Dubrovnik die Halbinsel befestigt hatte.

„Lass mich aussteigen!"
„Aber es ist noch ein tüchtiges Stück hin!"
„Bitte fahr schon vor und grüße die anderen."

Wir würden uns mit den Autorinnen und Malern in Ston auf dem Marktplatz treffen. Dort konnte man Kaffee trinken und über Gott und die Welt reden, ganz ohne den Anspruch auf Kunst, geschweige denn die Geschichte der Gegend.

Das Dorf Putnikovići

Ein weiteres Wochenende stand an, der literarische Workshop und die Malwerkstatt waren vorüber. Eminas Schwestern Dada und Bedra hatten für die Dauer unserer Kunstübungen die Logistik im Griff gehabt. Gut gelaunt, jedoch stetig und ohne Vertun hatten sie für jenen Teil unseres Wohlseins gesorgt, der laut Brecht vor der Moral kam, Frühstücke und Abendessen auf halber Höhe im Felshang am Meer, unter Kiefern und Oleander. Jetzt war ich mit den drei Čabaravdić-Frauen vom Saum des blauen Adriawassers hinaufgezogen ins Innere der Halbinsel.

„Das ist der Schirokko", sagte Dada. Schirokko, das war der Wind, und seine Bedeutung war „die Weite".

Regen war angekündigt, das Land dürstete. Aber für einen fernen Besucher wie mich entpuppte sich der Junimorgen als Vorspiel zu einem Stück namens *Paradies*. Die Luft der Halbinsel Pelješac war von Samt gemacht, und die Temperatur ließ an Seide denken. Ich saß mit Emina und ihren beiden Schwestern auf der Veranda beim Mokka. Keine nasse Wolke vertrieb uns, soviel zu Prognosen, vielmehr wurden wir vorläufig von Samt und Seide gewiegt. Sechs Walnussbäume umstanden das Haus auf der Westseite, von unten schauten die weißen Blüten des Oleanders herauf.
„Koliko je sati?" Wie spät?

Die Pelješac kannte sicherlich auch andere Theaterstücke, die meiner romantischen Vorliebe ins Gesicht schlugen; eines davon hieß Armut und Landflucht. Eminas Haus war umgeben von Ruinen, meterdicken Mauern aus grauem Naturstein, die aus wucherndem Grün ins Licht ragten. Putniković hieß also das Dorf, der *Ort der Wanderer.* Wäre was für den alten Latif gewesen. Der selbstsüchtige Blick des Besuchers nahm den Verfall gern als anrührende Requisiten in sein Stück vom Paradies hinein, die Potsdamer Garteninszenierungen von Sanssouci waren verstandeskühl dagegen.

Berge umrahmten das Panorama als Kulissen für jeweils unterschiedliche Szenen des Theaterstücks namens Pelješac. Der prominente Berg zur Linken wies auf den Badeort Žuljana hin. Dort lag ich an guten Tagen zwischen Kiefern im weißen Sand und schwamm im türkisen Meer. Im schlichten, doch geräumigen Café an der Hafenfront hatte ich schon einen kroatischen Chor gehört, der jedes Jahr aus dem weiten Hinterland an die Adria kam, um hier in der Samtluft Volkslieder zu Gehör zu bringen. Und ich hatte in diesem Café einem Spiel der Fußballweltmeisterschaft beigewohnt, begleitet von viel Bier und Kommentaren, was mir in der sonstigen ländlichen Stille der Halbinsel befremdlich gewesen war.

Der nächste Berg zur Rechten markierte die Blickrichtung auf Drače, jenes in Teilen verlassenen und zerstörten Dorfes an der Binnenküste der Halbinsel, dem Festland zugewandt. Von seinen serbischen Bewohnern war Drače verlassen worden, doch das war den Kroaten der Pelješac nicht genug gewesen. Krieg und Zerstörung hatten vor der Halbinsel Halt gemacht, das erzeugte nun aus kroatischer Sicht im Frieden eine Unsicherheit, ein Vakuum in Richtung Drače. Denn der Augenschein machte es nicht unmöglich, dass die Serben des Küstendorfes in ihre Häuser zurückkommen würden. Aufregung, Todesangst, Hass, aufgepeitschte Gemüter, Einberufungen und vorsorgliche Evakuierungen waren auf der Halbinsel real gewesen - nur der Krieg dazu hatte in diesem allzu glücklichen Landstrich gefehlt. Das verlangte nach einem Ausgleich. Das suchte nach einem Ventil. Jahre nach dem großen jugoslawischen Krieg waren tatkräftige Patrioten mit Baggern angerückt und hatten die leer stehenden Häuser von Drače zerstört.

Und wieder zog ich eine Parallele zu meiner Heimat. Denn nach dem Ende des Zweiten Weltkriegs hatten die Engländer Helgoland und das Haus meiner Oma noch sieben Jahre lang bombardiert. Warum? Weil sie es konnten. Weil sie niemand daran hinderte. Einmal quer über die Nordsee, *bumm*, und zurück. Die Stimmung der beteiligten Soldaten der Royal Air Force mag ähnlich gewesen sein, wie jene der kroatischen Abrissbaggerfahrer in Drače. Hurra, prost Mahlzeit!

Von der Veranda guckten wir nach Westen, und nun war die letzte Markierung am Horizont der große Berg von Orebić und dem Golf von Korčula.. Dort ritten Kitesurfer auf der weiß-blauen Brise. Ein altes herrliches nasses Revier. Marco Polo hatte einst in der maritimen Schönheit der Stadt Korčula Einkehr gehalten. Und der Großfürst Tito hatte im blau-weißen Golf eine Insel mit Villa besessen, nicht schlechter gestellt als seinerzeit ein römischer Kaiser. An der Überlandstraße nach Orebić gab es extra einen Mirador, um Titos Winzinsel mit Villa anzustaunen, jetzt noch einmal ein anderer Vergleich des Reisenden, um die Chose von Klischee zu Klischee zu illustrieren, das jugoslawische Pendant zu einer Südseeinsel mit Kokospalme und Hängematte.

Rasch zurück ins dörfliche Milieu. In unserer Nachbarschaft war die Bergflanke des grauen Karstes mit dunkelgrüner Macchia gesprenkelt, die Heimat von Schlangen und Schakalen. Der Grat reckte sich ohne Vegetation in den Wind, er stand rau und rissig vor dem Himmel. Emina schenkte mir Mokka nach und sagte: „Das Blau jenseits des Karstes ist kräftig. Wer einen Blick hat, begreift, da ist nicht der Horizont. Sondern dahinter passiert etwas."

Theater, Theater, man brauchte nur den Blick dafür und eine Stimme, die einem aufhalf, um die Rundschau ein wenig plietsch anzugehen. Mittags erfolgte ein Einbruch der Stimmung. Emina kam zu mir in mein Schlaf- und Schreibzimmer und sagte: „Man hat mir meinen Brunnen gestohlen!"

Für einen Moment war ich erstaunt,wie man einen Brunnen wegschaffen konnte? Emina klärte mich auf. Es handelte sich um ihren Brunnenstein, eine Skulptur, ein schönes ländliches Kunstwerk aus altem Kalkstein.

Die Schwester Dada sagte: „Heute wird uns der Regen kein Trost sein."

Der Tuchhändler Latif Čabaravdić, Mitte, mit Kind im Arm: Aufbruch zum Hadj, Pilgerreise nach Mekka, Kakanj 1969, im Vordergrund der Imam Brodlija aus der Nachbarschaft. Im kommunistischen Jugoslawien des Marschalls Tito war der Hadj des Tuchhändlers eine kleine Premiere für die Industriestadt Kakanj.

Die Wiecker Sturmflut
von Hans-Jürgen Schumacher

Die Sturmflut von 1872, welche die Ostseeküste von Dänemark bis Pommern in der Nacht vom 12. auf den 13. November 1872 heimsuchte, gilt als die schwerste, die jemals gemessen wurde. Der Scheitelstand betrug etwa 3,3 m über Normalnull. In Wieck wurden 2,64 Meter über Normal gemessen. Doch die Einwohner von Wieck haben noch ganz andere Sorgen...

„Der Sturm hat unser ganzes Dach kaputt gemacht, wir hatten es gerade erst vor einem Jahr geflickt", klagt eine Wiecker Fischersfrau in den Spätnachmittagstunden des 12. November 1872. Wie die anderen Männer, Frauen und Kinder, die es auf den Dachboden der alten Fachwerkkirche am westlichen Ortsrand geschafft haben, kauert sie dort mit steifgefrorenen Händen, Gott anflehend, ER möge das Dorf vor diesem Sturm verschonen.

„Was klagst du rum? Meinst du, die Leute wollen dein Unheil hören, wenn sie es doch selber getroffen hat?", erwidert ihr Mann.

Sie alle wissen, was im sprichwörtlichen Sinne die Uhr geschlagen hat, denn das Flussbett des Ryck und die Dänische Wieck sind vom Südwest leergefegt. Was sie nicht wissen ist, dass sich weit draußen - dort wo sich Himmel und Wasser berühren, und die Winde sich entscheiden müssen, welchen Weg sie gehen werden - eine Katastrophe unvorstellbaren

Ausmaßes anbahnt! Hoch oben in der Luft, dort wo nur die stärksten Vögel überleben, dreht der Sturm mit doppelter Geschwindigkeit von Südwest auf Nordost! Was das für die Küsten Dänemarks und Norddeutschlands heißt, kann nur der erahnen, der weiß, dass durch den Südwest das Wasser zunächst in Richtung Finnland und Baltikum getrieben wurde, und so durch die Nordsee große Wassermengen in die westliche Ostsee fließen konnten. Dort Hochwasser, hier im Osten Niedrigwasser. Und dann? Das Wasser der östlichen Ostsee würde sehr bald mit doppelter Geschwindigkeit zurückfließen, wenn der Nordost-Sturm dazu die Rennbahn liefert.

Die auf dem Dachboden ihrer alten Kirche ausharrenden Wiecker halten die Köpfe gesenkt und lauschen intensiv den Klängen des Sturms. Von irgendwoher knackt und kracht es gewaltig.

„Wieder ein Dachstuhl, der durchs Dorf geweht wird ...“, brummt wütend ein Fischer.

„Sei doch froh, dass du mit deinem Kahn nicht draußen bist. Meinst du, der wäre jetzt noch was wert?“, erhält er zur Antwort.

„Da! Der Wind lässt nach...“

„Es ist fast ruhig draußen, ich klettere runter und sehe nach“, erklärt eine junge Mutter.

„Ich komme mit“, pflichtet der Sohn seiner Mutter bei, „der Wind jetzt wie ein sanftes Flötenspiel“

Und der wütende Fischer macht sich ebenfalls auf. „Mal sehen, was von der Luchte übrig geblieben ist“, erklärt er.

Alle Drei klettern vorsichtig zur Dachstuhltreppe, steigen dann hinunter bis zur Orgelempore und von dort runter ins Kirchenschiff. Sie verlassen die Kirche und sind entsetzt über die Zerstörungswut des Sturms. Sie folgen dem Fluss bis zur Mündung. Schiffe liegen umgeworfen mit dem Kiel nach oben im trockenen Flussbett. Viele sind zertrümmert, sodass nur noch Planken von ihnen übrig sind. Geborstene Balken, herausgerissen aus den Holzwänden armseliger Hütten und Teile mit von Schilf gedeckten Dächern säumen ihren Weg entlang des leeren Ryck. Sie erreichen die Mündungsspitze am längst erloschenen Leuchtturm, eigentlich eine Luchte, die ständig angezündet werden muss. Sie blicken raus auf den Bodden. Der glattgefegte Grund und das Nichts der Atmosphäre verschwimmen in der Ferne zu einem undurchdringlichen dunkelgrauen Etwas. Ein immer schwärzer werdendes, stilles unheimliches Grau, was niemand durchdringen kann. Es ist fast still. Hat da ein Vogel geschrien? Jetzt im November, das kann doch gar nicht sein. Doch es ist ein Vogel, eine allerletzte Möwe, die wie von tausend Adlern gehetzt, in großem Tempo an ihnen vorbei aufs Land fliegt. Nicht, um sich dort niederzulassen, sondern um panisch weiterzufliegen, schreiend immer weiter …

„Ich trete mal kurz auf den trockenen Bodden, dieses Erlebnis hat man nicht alle Tage, dann gehen wir zurück und machen uns an die Aufräumarbeit“, beschließt der Fischer.

Doch irgendwie ist es anders in der Atmosphäre. Es ist kühler geworden. Und das ziemlich rasch. Und es wird noch kühler. Der Temperatursturz ist unheimlich. Die junge Frau zieht ihr Schultertuch enger zusammen: „Kommt, wir gehen zurück, es ist schaurig hier.“

„Ich höre ein Flattern und Pfeifen.“

„Von wo, Junge?“

„Na, aus der Luft … da müssten Vögel sein.“

Doch in der Luft sind keine Vögel. Dort scheinen tausend Schlangen zu zischen und dann beginnt es zu brodeln und zu pfeifen, ein Luftgeräusch, das immer lauter und immer stärker wird.

„Verdammt, der Sturm kommt zurück, wir kriegen den Nordost! Das Wasser kommt zurück!“

Nun ist es fast dunkel. Dunkelblau wabert die Atmosphäre über ihnen, die Luft wird zum tosenden Inferno. Es ist, als öffne sich vor ihnen das Tor zur Hölle. Dann setzt prasselnder Regen ein. Der Orkan bringt die Kälte frisch aus dem finnischen Nordosten mit, als er auf die norddeutsche Küste trifft. Und dann sehen sie Satans Gespann mit seinen beiden Wolkendrachen. Sie sind eine Mischung aus zwei Nebelwänden und zwei riesigen Wasserbergen, die der Sturm aufgetürmt hat. Wie zwei apokalyptische Reiter jagen sie auf das Land zu. Die unheimlich glitzernden Wassersäulen bäumen sich erbarmungslos auf. Höher und immer höher, je flacher das Land vor ihnen wird, dann ergießen sie sich mit einer erbarmungslosen Gewalt auf das hilflose Dorf, wie es sich das Böse an einem einzigen Tag nicht hätte besser ausdenken können. Dazu bläst der Sturm eine infernale Trompete, als solle hier und jetzt das Weltende stattfinden. Die drei Wiecker sehen über sich nur noch eine unglaubliche Masse schwarzblau glitzernden Wassers. Dann ist alles bedeckt und vernichtet.

„Herr, erbarme Dich unser!“

Der letzte Satz der jungen Mutter wird wohl im Himmel zu Ende gesprochen werden müssen, denn die ersten drei Wiecker Opfer verschwinden auf der Stelle im Nichts einer entfesselten Natur.

Die auf dem Dachboden der Kirche ausharrenden Wiecker hören ein Bersten, Pfeifen, Zischen, Brodeln, Knirschen und Knacken, schließlich ein gieriges Glucksen, als das Wasser das Fischerdorf Wieck gefressen hat. Die ungeheuerliche Sturmwelle dringt auf dem überfüllten Ryck bis nach Greifswald vor, überschwemmt die Wiesen, flutet die Innenstadt, und flacht erst hinter Wackerow ab. Am Morgen des 13. November 1872 bietet sich ein Bild des Grauens: Wasser und Festland sind eins.

Zahlreiche Tote hat die Jahrhundertflut eingefordert und Wieck wurde zur Hälfte dem Erdboden gleichgemacht.

Bis heute hat sich der Wasserpegel von 2.64 über Normal aus jener Flutnacht nicht annähernd wiederholt. Das kürzlich vollendete Wiecker Sperrwerk hat zur Januar-Sturmflut 2017 seine erste Bewährungsprobe bestanden.

„Greifswalds Innenstadt wäre sonst vollgelaufen“, resümierte Landwirtschaftsminister Till Backhaus aus Schwerin bei der Schadensaufnahme nach der Flut – und der muss es ja wie alle Politiker am besten wissen …

Das Elternhaus
Offene Briefe von Emina Kamber

Wilder Kirschbaum

In Krčevina, auf dem Hügel über meiner Stadt Kakanj, hatte mein verstorbener Vater einen wilden
Kirschbaum gepflanzt. Der Baum wuchs über die
Jahre, bekam eine prächtige Krone und bereitete den
bosnischen Frauen beim Mokka trinken einen wunderbaren Schatten.

Doch die Bienen bauten in dem Kirschbaum ihr
Nest, vertrieben von Jahr zu Jahr die Wanderer und
Jäger, die einst unter diesem Baum am Lagerfeuer
rasteten. Sobald die wilden Kirschen ihre weißen
Blüten bekamen, überfiel eine Schar von Bienen
diesen Baum. Es war schwer sie zu vertreiben. Die
„Slibobäume" - Zwetschen - auf der Alm waren von
diesen Brutstätten nicht bedroht.

Eines Tages nahm mein Vater die Axt, und vom
Baum blieb nur ein verstümmelter Stamm, an dem
er, bei den wöchentlichen Wanderungen seinen Sli-
bowitz-Proviant ausbreiten konnte.

Nun, ein Jahr nach dem Tod des Vaters, unternahm
ich mit meinen Geschwistern eine Wanderung auf
unserer Alm nach Krčevina. Unter dem Proviant,
den wir mitgenommen hatten, schaute aus dem
Rucksack auch eine Mokkakanne hervor. Den steilen
Weg zur Alm hatten wir endlich geschafft. Das Lagerfeuer entflammte im Nu und es wurde zuerst
Mokka aufgesetzt.

Es war der Monat Mai.

Die Bäume blühten in voller Pracht. Angekommen, blieben wir voller Freude vor dem verkrüppelten Stamm, der vom Moos befallen war, stehen. Die Lebenskraft dieses Baumes war einfach groß. Es wuchsen kleine Zweige an der Spitze. Wir sahen, dass dort wieder Säfte strömen würden, und dass sich das Wunder der Wiedergeburt vollziehen würde.

Die Zeit verging.

Jetzt ist wieder Frühling. Die Natur erwacht und ich sehe klar, wie der Kirschbaum seinem lebendigen Körper ein schönes weißes Blumenkleid schenkt.

Der Vater ist fortgegangen. Seinen Platz hat er dem wilden Kirschbaum eingeraumt.

Die bosnischen Frauen sitzen wieder unter dem Baum, trinken Mokka und seufzen vor sich hin. Die Bienen bleiben dieses Jahr fern. Hin und wieder werden auch die Jäger am Lagerfeuer sitzen und sich mit Slibowitz zuprosten.

Liebe zum bitteren Bosnien
Ein Brief in die bosnische Vergangenheit

Mein lieber Kulin Banus von Bosnien!

Als Du den ersten Stein zum Fundament Bosniens gelegt hast, ahntest Du nicht, dass Dein Land für Jahrzehnte, sogar für Jahrhunderte das Weltgeschehen bewegen wird. Und was würdest Du dafür geben, Dich heute erneut mit den Feinden Bosniens auseinanderzusetzen.

Es fällt mir nicht schwer, meine Gedanken in das Jahr 1180 zurück zu versetzen, das Jahr, in dem Du den Titel des Bosnischen Banus erhalten - und von da an 25 Jahre lang die Zügel in Deinen Händen hattest.

Mit 25 Jahren kamst Du an die Macht, als ein Kämpfer, ja, als ein guter Kämpfer. Ich darf nicht vergessen zu sagen, dass Dein Titel Banus ein hoher Titel war. Wer höher in der Herrschaft regierte, war schon ein König.

Am „Bosnischen Hof" gab es eine Fülle an Reichtum. Doch Deine Bescheidenheit erlaubte Dir nicht, glanzvolle Architektur zu bauen. Wenn ich heute über Deine Zeit spreche, dann entstehen in meiner Geschichtserzählung viele Fragen, unter anderem die Frage: Was hast Du uns hinterlassen, was uns an Dich erinnern kann?

Doch, Du hast uns Deine Liebe zum bitteren Bosnien hinterlassen, eine Liebe, die heute noch stark in uns ist. Die Friedenszeiten in Deinem Land werden von Jahr zu Jahr kürzer.

Ich weiß, wie gerne Du Dich Deiner Jugend als Vorbild, als großer Liebhaber Deines Landes gezeigt hast. Sogar Friedrich Barbarossa achtete auf Deine Siege, und die Kreuzzüge hätten damals gerne eines solchen Kriegers in den eigenen Reihen bedurft, wie Du es warst. Viele hätten damals zu Deiner Waffe gegriffen, doch Du trugst keinen Dolch. Deine Waffe lag in Deinen Worten, mit denen Du Deine Feinde überlisten konntest. Die Jugend Bosniens war auf Deiner Seite, sie war Deine besondere Stärke. Was kein Herrscher zu Deiner Zeit geschafft hatte, aber Du hast selbst Frauen in den ersten Reihen deiner Herrschaft wichtige Positionen erteilt. Sie spielten eine besondere Rolle in Deinem Leben.

Politisch warst Du unschlagbar, obwohl die Umstände eher gegen Dich sprachen. In einem solchem Land wie Bosnien zu herrschen, trotz der Macht des ungarischen Patronats, das war nicht leicht. Aber Du hattest einen großen Einfluss auf die Dubrovniker Republik.

Zu diesem Zeitpunkt hatte Dubrovnik mit dem Zuschütten des Kanals zwischen zwei Klippen angefangen und man konnte das Fundament der heutigen Mauer schon erkennen. Dadurch entstand eine Bastion, um das Land vor dem Feind von außen zu schützen. Für Dich standen die Tore links und rechts des Stradun, der Prachtstraße der Stadtrepublik, offen. Von da an blühte der Handel zwischen Bosnien und der Dubrovniker Republik.

Mein Kulin Banus von Bosnien, ich darf doch nicht vergessen, wie gerne Du die Familie um Dich hattest. Sogar an Deinem Hof waren die besten Positionen den Familienmitgliedern zugeordnet. Die Legalität war für Dich der bequemste Weg. Wichtig war es für Dich, zuerst zu erfahren, ob es unter Deinen Familienmitgliedern Gegner gab. Du hast die Familie einer genauen Prüfung unterzogen, um festzustellen, ob sie Dir ergeben war.

Ja, mein Banus, Du wolltest ganz sicher sein, und hast Deinen stolzen Willen dem Interesse Deiner Familie gebeugt, was wir Bosnier noch heute gerne tun. Und das Volk brauchte Dich auch. Die Herrscher des Balkans nahmen Dich zum Vorbild.

An den Höfen gab es Bälle. So zogen die Familien von einem Ball zum anderen. Da waren Väter, Söhne, Neffen, Brüder, Schwestern. Natürlich gab es einige Intrigen zwischen dem einen oder dem anderen, doch keinen Betrug, weil Du Deinen Herrschaften Dein volles Vertrauen geschenkt hast, und sie haben Dir geglaubt. Dein Name war einst wie ein Fanal für die Welt des Ostens und des Westens, wie eine brennende Fackel. Plötzlich wurde Dein Bosnien zum wichtigsten Knotenpunkt des Orients und des Okzidents.

Deiner Jugend gabst Du schnell zu wissen, dass der Osten droht, dass der Westen droht, dass sie sich der Drohung widersetzen muss und doch den Feind lieben soll. Was für eine Einstellung! Hass mit der Liebe zu verbinden!

Heute, 837 Jahre danach, singen die bosnischen Kinder immer noch Dein Lied:

Von den Zeiten
Des Kulin Banus
Bis zu heutigen Tagen
Sind wir Banus Kinder
Auf Ewigkeiten.

Schnell hast Du die Gefahren erkannt. Ja, lieber Banus, es muss gesagt werden: Die Einbringung Deiner Philosophie war als bosnische Weisheit gedacht. Schäme Dich nicht, ich selber bin in Deinem Land geboren, wo sich nach Deinem Vorbild die Zivilisationen kreuzen sollen. Doch was Du nicht berücksichtigt hast, als Pateran, dass Dich der Orient und der Okzident als historische Quelle Deines Bosniens, mit der Waffe des eigenen Glaubens zu schlagen versuchen. Für sie wurdest Du der schlimmste Störfaktor der Geschichte. Aber Du trugst das Schicksal Deines Landes auf Deinen Schultern und hast es Deinen Nachgeborenen überlassen, zu erkennen, ob Du damals in Wahrheit dem Volk gedient hast. Du hast Dein Volk gelehrt, die Tradition lebendig zu halten, und so lebt es heute noch, zerstreut in der ganzen Welt, nach den alten Sitten und Bräuchen. Es muss auch gesagt werden, lieber Banus, dass Du für Dein Volk ein beliebter und weiser Herrscher, ein Patriot und großer Verehrer der bosnischen Schrift „Bosančica" warst, die Du entwickelt und in der Du am 29.08.1189 die erste Botschaft an den Dubrovniker Fürsten Krvaš geschrieben hast.

Der Jugend hast Du alle Grenzen offen gehalten. Sie sollte Ausbildungen genießen, die „Bosančica" Schrift in der ganzen Welt verbreiten. Damit hast Du ein neues Werk begonnen, mit dem Ziel, das Analphabetentum in Deinem Land zu bekämpfen.

Mein lieber Kulin Banus von Bosnien, wenn Du aufstehen und hören könntest, wie sich Dein heute zerspaltenes Volk um Deine Schrift „Bosančica" streitet, Du würdest es nicht glauben. Als die Andersdenkenden Deines heutigen Volkes entdeckten, dass Du die Geburt der „Bosančica Schrift" vollbracht hast, versuchten alle, Dich der eigenen Volksgruppe zuzuordnen. Doch die Geschichte lässt sich nicht betrügen.

Ich bescheinige Dir gerne, mein lieber Kulin Banus, dass Du dem Bosnischen Volk viel an Selbstbewusstsein gegeben hast. Erinnerst Du Dich an den Tag, an dem Du die Botschaft an den Dubrovniker Fürsten Krvaš geschrieben, und ihn um gute nachbarschaftliche Beziehung gebeten hattest? Halt, ich muss Dich zitieren, damit ich dem heutigen bosnischen Volk Deinen guten Willen, der nicht der Macht, sondern dem Leben Deiner Mitmenschen diente, etwas näher bringen kann. Ich weiß, Du batest den Fürsten Krvaš um seine Freundschaft auf Ewigkeit und um die Glaubwürdigkeit Eurer Beziehung, so lange Du lebst!

Doch dem Fürsten war das nicht genug. Bosnien war begehrt, nicht Du, mein Kulin Banus. Er bat Dich, das Land zu verkaufen. Aber wer konnte Dir den Respekt verweigern? Du, der Du die Zukunft Bosniens auf dem Fundament der Wahrheit bauen wolltest, Du, der Du die Vergangenheit als beste Nahrung hieltest für die, die sich die Tage der Zukunft ausgemalt hatten, Du wolltest nicht zurückblicken. Du hattest die Wage in Deiner Hand und konntest gut abwägen, wer der Freund und wer der Feind Deines Landes war. Also, der Geist Bosniens prallte mit dem Materialismus der Dubrovniker Republik aufeinander. Du, mein Kulin Banus von Bosnien gabst Deiner Jugend schnell zu wissen, dass sie nicht auf Deine Befehle warten, sondern selbst denken sollen.

Im Jahre 1202 schwebte eine gewaltige Drohung über Deinem Bosnien. Innerhalb und außerhalb des

Landes wuchs die Unruhe. Da Du Dein Land nicht verkaufen und auch Deine Liebe zum bosnischen Volk nicht aufgeben konntest, wurdest Du bei dem ungarischen Papst Innozenz III. denunziert, dass Du in Deinem Land den Atheismus verbreitet hättest. Schnell wurde die Nachricht nach Rom gesandt. Doch die Römer wollten sich selbst überzeugen und sandten den eigenen Legaten Ivan Kazamarije nach Bosnien, um sich zu vergewissern, dass die Gerüchte über die Verbreitung des Atheismus nicht stimmen.

Mein lieber Banus, bevor Du die Zeit hattest, über diesen Unfug nachzudenken, meldete sich eine Gruppe Deiner Volksjugend, um mit Dir eine Idee auszuarbeiten. Deine Überlistungslehre sollte als ideologischer Krieg angewendet werden. Und plötzlich wurdest Du für Deine Jugend der beste Zuhörer. Sie hatte die Idee, so schnell wie möglich eine Kirche zu bauen, bevor der römische Legat nach Bosnien käme, um so die Delegation aus Rom zu überzeugen, dass es in Bosnien doch Kirchen gibt, und, dass der Atheismus nicht existiert.

Mein Banus, die heutige Geschichte lauscht immer noch Deinem Sprichwort: „Sei nett zu jedem und ergeben zu niemandem-"

Kurz danach baute deine Volksjugend auf Bilino Polje in der heutigen Stadt Zenica über Nacht eine Kirche, und in ihren Räumen konntest Du die Delegation aus Rom empfangen. Schnell wurde der römische Legat überzeugt, dass die Gerüchte über die Verbreitung des Atheismus nicht der Wahrheit entsprachen.

Mein lieber Banus, für Dich war der Osten stets der Osten und der Westen immer der Westen. Du wusstest, dass es für einen Dritten keinen Platz auf dieser Welt gab. Du ahntest auch, wenn sich mehrere Glaubensrichtungen ankündigen würden, dass, wo zwei sind, ein dritter Glaube zu viel wäre. Mit Deiner Meinung warst Du dem schnellen Westen und dem lahmen Osten ein Dorn im Auge.

Du, mein Banus von Bosnien, Du hast Deinem Volk beigebracht, zu Jedem nett zu sein und ihn herzlich willkommen zu heißen, und Du hast das zugleich als eine lebenslange Pflicht für die Bosnier proklamiert, egal ob jemand als Feind oder als Freund vom Osten oder vom Westen her Dein Land betrat. Denn nur so konntest Du sie alle überleben, sogar an dem Tag, als die römische Delegation Dein Land besuchte.

Lieber Banus, Deine Lehre hatte sich als erfolgreich erwiesen. Der Betrug hatte sich gelohnt. Der römische Legat, Ivan Kazamarije kehrte nach Rom zurück und bestätigte dem Papst, dass in Bosnien, das Christentum existierte. Doch was er nicht wissen konnte war, dass Du am nächsten Tage Deine Volksjugend aufgefordert hattest, die Kirche sofort abzureißen, als hätte sie nie da gestanden.

Mein lieber Kulin Banus von Bosnien, Du bist schon eine Ewigkeit unter den Sternen, von Deinem Volk so weit entfernt, und Du ahnst nicht einmal, wie heute noch die Delegationen aus Rom nach Bosnien geschickt werden, um zu erfahren, wie weit sich das Christentum in Deinem Land fortgepflanzt hat. Nach Deinem Tod im Jahr 1203 brachten die Bosnier noch mehr Mut auf, sich so einer Macht nicht unterzuordnen und sich keiner anderen Macht auszuliefern.

Mein Banus, unserer Geschichte hast Du die Tafel mit der Botschaft an den Dubrovniker Fürsten Krvaš in der „Bosančica Schrift" hinterlassen. Sie schildert im Jahre 1189 den Anfang der bosnischen Sprache und der bosnischen Schrift.

Sei ehrlich, mein Kulin Banus von Bosnien, und sag' bitte von oben: Warst Du der Kulin Banus von Bosnien oder von Kroatien oder von Serbien? War die „Bosančica Schrift" bosnisch, kroatisch oder serbisch?

Fazit: Schauen wir auf die sechs Republiken des ehemaligen Jugoslawiens, dann ist heute, 20 Jahre nach der Beendigung des Krieges, Bosnien und Herzegowina das Land, in dem die unterschiedlichen Religionen zusammen leben. Katholiken, Orthodoxe, Muslime, Juden sowie die Minderheiten von Roma, Kosovo-Albaner und andere.

Sie alle betrachten das Land Bosnien als eigene Heimat, und das mit Recht.

Das Elternhaus
Brief an einen deutschen Freund

Lieber Freund,

hier bin ich! Sitze in meinem Elternhaus, in meiner Heimat Bosnien. Es ist spät, kurz vor Mitternacht, und ich finde keinen Schlaf. Viele Jahre sind durch dieses Haus gegangen, im Winter hatten hohe Schneehaufen das Haus oft eingeweht. Langzeitige Dürre hat in den heißen Sommerzeiten tiefe Ritzen in die Wände eingraviert. Mein Vater mischte Lehm an und ließ uns Kinder mit unseren Händen, die Schwielen und Blasen trugen, die Spuren der Dürrezeit zustopfen. Trotzt der schweren Kindheit haben wir, meine Schwestern und ich, einst in vielen Abendstunden, an der Fensterbank gelehnt, von Liebe und glücklichem Leben träumend und erzählend. Bis in die Nacht hinein.

Lieber Freund, heute sind dort andere Fenster. Die Menschen, die an unserem Elternhaus vorbeigehen, sind andere, mir unbekannte. Nichts strahlt die Vergangenheit aus, außer meine Erinnerungen.

Ich sitze in einem Zimmer, das einst Küche, Schlafstube und gute Stube zugleich war. Vom ganzen Haus, Parterre und erster Stock, wurde nur in diesem Zimmer geheizt. Ein Lehmofen wärmte alle Räume. Unsere Mutter pflegte uns Kinder immer am Freitagabend zu baden. Um die Wärme zu sparen, wurde die Tür des Zimmers freitags zugemacht. Zuerst badete sie unsere Brüder. Das Licht machte sie dabei nie an. Denn wir durften unsere Brüder nicht nackt sehen und sie durften uns Mädchen beim Baden auch nicht nackt beobachten. Es wurde ein Eisenring von der Platte des Lehmofens zu Seite geschoben, und das Feuerlicht strahlte auf die Zimmerdecke und wärmte zugleich. Mutter pflegte vor dem Ofen eine bunte, selbst genähte Decke auszubreiten und darauf eine Aluminiumbadewanne, mit warmen Wasser halb gefüllt, hinzustellen. Und so badete sie uns Kinder, eins nach dem anderen. Danach legte sie uns in die kalte Bettwäsche hinein. Wir Kleinen klebten an einander fest. Unsere Körper spendeten uns die eigene Wärme und so schliefen wir ein.

An einer Wand neben dem Fenster gab es ein Regal, auf dem ein altes Radio, Marke „Kosmaj“, stand. Während uns Mutter badete, hörte sich unser Vater die Spätnachrichten an. Ich erinnere mich, wie wir Kinder ihn imitierten, wie er sich in der Nähe des Radios hinsetzte und mit einer Hand am Ohr dem Radiosprecher zuhörte: „Hier ist Washington, Stimme Amerikas! Es spricht Grga Zlatoper“! Für uns Kinder war das wie eine Hymne. Ob wir es wollten oder nicht, mussten wir Stille bewahren. In der Zeit der Nachrichten, durfte nicht einmal das Summen einer Fliege zu hören sein. Wenn es um das Vergnügen meines Vaters ging, dann gehörten die Spätnachrichten an erste Stelle.

Mutter stand morgens stets als Erste auf und sie war die Letzte, die ins Bett ging. Ihr Leben bestand nur aus Arbeit und wieder Arbeit. Ihr ganzes Vergnügen waren wir, ihre elf Kinder.

Lieber Freund, unser Lehmofen ist heute eine Vergangenheit. An seinem Platz steht jetzt mein Schreibtisch, und der Computer auf dem ich Dir diese Zeilen schreibe. Nichts ist mehr, wie früher!

Heute Nacht ergreift mich der Gedanke, dass sich die Vergangenheit nicht verdrängen lässt. Mein *Heute* ohne diese Vergangenheit wäre nicht *Heute*!

Emina Č. Kamber
Kakanj, Bosnien,
1. März 2016, 23:46 Uhr

Das Inserat
von Duška Jekić-Golik

Das Jahr 1996. Der Krieg ging zu Ende. Es wurde weiterhin von irgendwelchen Kriegsaktionen gesprochen, die ausgeführt werden sollten aber, das war nicht die Aufgabe des normalen Menschen. Der größte Teil der Bevölkerung könnte endlich etwas ruhiger schlafen. Das bedeutete, dass sich die Extremisten zurückgezogen hatten, genau so wie die Euphorischen. Die Kritiken an der leitenden Partei wurden sehr häufig und die Angriffe, gegen „Nichtkroaten" gerichtet, wurden seltener. Die Serben, die in Istrien blieben, wurden in Ruhe gelassen. Alle die, die gehen „mussten" sind gegangen und all jene die „entlassen" werden sollten, sind entlassen. Die schriftlichen sowie die verbalen Provokationen traten sporadisch ein und berichteten mehr über die Ereignisse der Neunziger Jahre als über die Auslegung der aktuellen Geschehnisse.

So wurde die Frage: „Was, Sie sind noch da?" - gerichtet an die Nichtkroaten, an Kinder aus den Mischfamilien, an ehemalige Kommunisten sowie an Journalisten und Schriftsteller - keine Seltenheit und war kein Ausdruck der Heimatliebe.

Alles das geschah, und die erfolgreiche Touristensaison in Istrien - dank kühler Köpfe aus der Bevölkerung - blieb ruhig und nicht nationalistisch.

In der Situation meiner existenziellen Frage, im Bezug auf meine Arbeit, mein Einkommen, womit ich, als Alleinerziehende einer Tochter auch noch meine Eltern ernähren musste, gab es keine Antwort.

Nachdem der Verlag einer unabhängigen Zeitung, in der ich Redaktionsleiterin war, geschlossen wurde, wusste ich, dass ich nie wieder als Journalistin würde arbeiten können und dass ich als Schriftstellerin, mit meinen Namen und Vornamen in dieser Region nicht weiterhin existieren konnte.

Diese berüchtigte Frage: „Was, Sie sind noch da?" habe ich mir damals selber gestellt. Ja, wirklich, worauf wartete ich noch?

Als Journalistin in einer touristischen Region hatte ich vor dem Krieg Wirtschaftstexte für verschiedene Verlage geschrieben, unter anderem auch für Verlage in Österreich. Texte sowie Fotos hatte ich oft selber nach Österreich gebracht und persönlich beim Verlag abgeliefert. Ich pflegte gute geschäftliche und persönliche Kontakte mit dortigen Journalisten und Übersetzern.

Aufgrund dessen, ergab sich eine reelle Möglichkeit, meine journalistische Tätigkeit in Graz fortzusetzen. Ich nützte so ein Treffen, um den dortigen Kollegen meine Situation in Kroatien zu schildern.

Gesagt hatte ich, dass mir und meiner Tochter immer noch gedroht würde, am meinem Auto die Reifen durchgestochen wurden, und, dass an meine Türen einiges geschmiert war. Alle, die mir zuhörten, waren der Meinung, es wäre besser, gleich in Österreich zu bleiben und ein neues Leben dort aufzubauen.

Es war nicht einfach, dort zu bleiben, sondern geradezu unmöglich, da die Flüchtlingsquote erfüllt war.

Den Aufenthalt und eine Arbeitserlaubnis zu be-
kommen war ebenso utopisch. Also, es gab nur eine
Möglichkeit. Die Schwarzarbeit. Für alle Flüchtlinge,
Asylbewerber und so auch für mich.

Aufgrund meiner zwanzigjährigen schriftstellerischen und journalistischen Arbeit wusste ich, wie ich
am schnellsten zu einer Arbeit komme, nämlich
indem ich in verschiedenen Tageszeitungen die
Jobangebote durchlese. In dieser Angelegenheit
wurde mir von meiner langjährigen Kollegin und
Freundin geholfen. Wir analysierten gemeinsam
einige Anzeigen und fanden eine Annonce sehr an-
sprechend:

„Es wird eine Person gesucht für die Pflege eines
gelähmten Kranken, für ein Wocheneinkommen
von 7.000 Schilling.“

Die Anzeige war in wenigen Wörtern zusammenge-
fasst, unterschied sich von den üblichen Arbeitsan-
geboten. Am Ende des Textes war die Kontakt-
Telefonnummer angegeben sowie die Kontaktper-
son - Herr Müller. Die Summe von 7.000 Schilling
rechnete ich mal vier und kam auf ein Monatsgehalt
von 28.000 Schilling. Fantastisch, dachte ich. Dazu
kam, der Name Müller hörte sich auch interessant
an. Er assoziierte den berühmten Arthur Miller. Bis
dahin wusste ich nicht, dass dieser Name Müller in
Österreich keine Seltenheit war, so wie bei uns die
Namen Pavlović oder Jovanović auch nicht selten
waren.

Als meine Freundin die angegebene Telefonnummer
wählte, meldete sich eine angenehme Frauenstimme,
die sich als Hausdame von Herrn Müller ausgab. Wir

bekamen kurz danach einen Termin, im Grunde genommen am selben Tag - also um 15 Uhr. So einen sofortigen Termin zu bekommen rief bei mir keinen Zweifel hervor. Vielmehr betrachtete ich es als Geschenk des Himmels.

Wir fuhren sofort los um nicht zu spät zu kommen. Die Adresse war meiner Freundin nicht bekannt - es war irgendwo außerhalb der Stadt, angeblich auf einem Hügel über die Stadt ... Der kurze Dezembertag und der Nebel machten uns es schwer, wir drehten uns im Kreis. Am Fuß des Berges konnten wir keinen Weg zum Alm finden, der sich auf der nördlichen Seite der Stadt Graz befand.

Es war schon dunkel geworden als wir plötzlich die Lichter eines einsamen Hauses sahen. Was für ein Blick auf die Stadt Graz, von da oben. Die Millionen Lichter unten im Tal, schienen wie das Firmament voller Sterne in einer klaren Sommernacht.

Die Faszination setzte sich fort beim Eintritt in das große Foyer. Im mittleren Teil des Raumes befand sich eine private Kapellennische für die Mutter Maria mit dem Jesuskind aus Marmorstein, sicherlich von einem guten Bildhauer angefertigt. Vor ihren Füßen, wie es sonst in Kirchen üblich war, stand eine Vase mit frischen, schön ausgesuchten Blumen. Der Flur war mit vielen Mahagonitüren ausgestattet, am Ende führte eine lange Treppe zu einem Glaspavillon. Erst später konnte man die Wände entdecken, denn sie waren alle mit teuren Seidenteppichen behängt. Ich vergaß die Tausende von Lichtern im Tal als Faszination, während ich die Galerie mit persischen Ornamenten an den Wänden betrachtete. In einer Ecke befand sich ein Kamin aus Marmorstein, im Barock

Stil gebaut. Eine Couchgarnitur aus Leder, groß, gab den Hinweis auf ein Vermögen. Alles sah sehr teuer aus, sogar die Bodenteppiche waren aus reiner Seide.

Was ist das für ein teures Pflaster unter der Sonne, dachte ich, während uns die Haushälterin, Frau Schäfer, ihren Arbeitgeber, den Besitzer dieser Prachtanlage vorstellte, - den Herrn Müller.

Er saß im Rollstuhl, mit den Rücken zu uns gewandt, und mit dem Blick zur Terrasse voller unterschiedlicher Instrumente, wie in einer Sternwarte. Mit einem Unterschied, von hieraus diente diese Terrasse seinem Ausblick auf die herrliche Stadt am Murafluss.

Herr Müller drehte den Rollstuhl und wir sahen ihn an. Nichts Normales, muss ich gestehen. Etwas Unheimliches spürte ich in einem Moment. Sein asymmetrisches Gesicht, voll tiefer Narben, deutete mir seine böse Art an. Seine Ohren waren nicht nur ungleich sondern auch sehr groß und deformiert, sogenannte „Elefantenohren“. Aber so wie ich mich erschrocken hatte, so wirkte sein Lächeln unglaublich mild. Es war ihm deutlich anzusehen, dass er nicht so eine Frau erwartet hatte, wie ich es war.

Kurz danach sagte er kurz und deutlich, dass ich die Arbeitsstelle antreten könne, eine Stelle die keine adäquate Bezeichnung hatte - als Reinmachefrau, Gärtnerin, Köchin, Pflegerin, auch eine Masseurin und Fußpflegerin hatte er schon gehabt. Dass bedeutete, dass ich ständig an seiner Seite sein würde; mit ihm Karten spielen, ihm vorlesen und die Aufsicht des Personals übernehmen würde. Ich wusste nicht, wie ich mich bezeichnen sollte?

Am großen Esstisch sitzend, klärte mich Frau Schäfer über meine weiteren Verpflichtungen auf, im Bezug auf den Herrn Müller: Morgens, nach dem Aufstehen, wird er immer klingeln, wie üblich halbnackt. Dann soll ich ihn zum Badezimmer begleiten, in der er sich allein zurecht macht. Wenn er mit der Morgentoilette fertig ist dann soll ich ihm helfen beim Anziehen. Über die Klamotten, was er vorhat anzuziehen, entscheidet er allein. Seine Garderobe hängt in einem zweistöckigen Kleiderschrank, in dem meterweise Hemden und Hosen hängen. Täglich soll er frische Taschentücher aus dem Schrank bekommen. Auf jedem Taschentuch sind seine Initialen eingestickt. Etwas komplizierter ist mit den Strümpfen, denn die müssen zum Hemd passen und die gibt es in einer Menge. Alles muss aufeinander abgestimmt werden, und die Frau Schäfer erklärte, warum dass alles für Herrn Müller wichtig sei. Er besaß eine Textilfabrik und er war sein Leben lang mit Textilien vertraut. Weiteres, der Herr wird in seinem Rollstuhl gut gerichtet und zum Esstisch gefahren werden, auf dem schon einige bunte Kästchen mit täglichem Bedarf an Medikamenten gefüllt sind. Nach der Einnahme der Medizin werden die Kästchen wieder in der Küche für den nächsten Morgen mit Tabletten gefüllt.

Das Frühstück wird genau um 10 Uhr serviert. Außer an dem Badetag.

Herr Müller badet alle zwei Tage und für diese Angelegenheit hat er eine männliche Hilfe. Vor dem Frühstück werden Zeitungsberichte vorgelesen, die Zeitungsprospekte sind für Nachmittage vorgesehen.

Während Frau Schäfer über das Frühstück sprach, ging sie mit uns in die Küche, die eher, wie eine Apotheke aussah. Sie sagte: Trotz der riesigen Größe und unzähligem Geschirr, wie in einem Restaurant, wird in der Küche nicht gekocht. Der Herr isst nur wenige bestimmte Lebensmittel und das nach einem präzisen Ritual: Schwarzbrot, mit elektrischem Messer 0,5 cm dünn geschnitten, drei verschiedene Kuhkäse-Sorten auf 0.3 cm Breite geschnitten und drei Scheiben Salami. Dazu trinkt er einen speziellen Tee.

Das Mittagessen ist noch einfacher. Als Vorspeise eine Suppe aus dem Beutel. Als Hauptgericht, isst er nur gekochtes Fleisch. Selten isst er Beilagen dazu. Das war's. Es dringt in andere Räume kein Geruch aus der Küche. Ich, als seine Begleiterin darf nicht kochen, ich werde mit ihm immer zusammen essen. Und das Dessert? Einfach - es gibt nur einen Apfel. Nicht irgendwelche, es sind spezielle Äpfel.

Frau Schäfer sagte noch, dass ein Frisör ins Haus kommt. Das Fernsehen wird nur nachmittags angemacht, einmal im Monat kommen zwei Freunde des Herrn zum Kartenspielen. Und die Gäste? Nein, der Herr empfängt keine Gäste.

Alles wirkte perfekt und zugleich einfach. Besonders, im Bezug auf zwei Haushälterinnen. Die eine war Frau Schäfer, die erst seit drei Monaten da arbeitete, und die andere, die seit einiger Zeit krank war.

Die beiden Frauen hatten sich gegenseitig wöchentlich abgelöst. Da aber Frau Schäfer ihren Urlaub plante, sollte ich für sie, einen Monat lang ihre Pflichten und Fürsorge für Herrn Müller übernehmen. Mit der Arbeit anfangen. Ich sollte nächste

Woche kommen damit mir Frau Schäfer noch alles weitere zeigen konnte und ab Montag sollte ich allein die komplette Arbeit machen.

Beim Verabschieden fragte ich Frau Schäfer, ob ich die Einzige sei, die sich auf die Anzeige gemeldet habe, darauf sagte sie, dass einige Frauen gekommen seien, aber keine von denen habe Herrn Müller gefallen. Deswegen wurde immer wieder in der Zeitung inseriert, weil die Frauen zwei, drei Tage arbeiteten und danach blieben sie einfach fern. Frau Schäfer erzählte, dass Herr Müller noch nie so intensiv und interessant eine der Frauen betrachtet habe wie mich.

Und sie fügte dazu: „Sie wirken wie ein Engel, so gut aussehende Frauen kamen nicht. Wirklich! Wieso suchen Sie so einen Job“?

Als ich das Haus verließ, klingelten ihre Worte und auch ihre Frage immer noch in meinen Ohren, sie begleiteten mich bis nach Graz und später weiter hin bis nach Istrien. Es ist verdammt; warum suchte ich überhaupt eine Bleibe in Österreich, warum musste ich in die weite Welt hinaus. Wieso gab es keine Arbeit für mich in Kroatien? Warum konnte ich nicht in Kroatien bleiben, wo ich unbeschwert und frei schreiben hätte können, einen Arbeitsplatz haben können, wo ich mich nicht nach fremden Regeln richten musste.

Ich weiß! Das Problem war nicht „nur“ wegen des freien Schreibens. Ich, das Kind aus einer Mischehe, war nicht mehr in der kroatischen Gesellschaft erwünscht.

Die Tatsache, dass meine Mutter eine „reine" Kroatin war und mein Vater teilweise aus einer serbischen Abstammung nach Kroatien umsiedelte, wobei seine Vorfahren mazedonische, bulgarische, griechische Gene hatten und dazu war er noch ein Atheist, das war für die kroatische Politik der wichtigste Grund, mich aus dem Land zu vertreiben.

Eine „Sünde" war mir zugeschrieben und die musste ich büßen ...

Und so, nachdenkend über meine „Blutmischung" und über die neue Wichtigkeit in Kroatien, ist mir die Zeit auf der Autobahn schnell vergangen. Es gab keinen Stau am Grenzübergang nach Österreich, ebenso wenig an der slowenischen und der kroatischen Grenze. Eigentlich bin ich richtig schnell gefahren. Ich wollte so schnell wie möglich nach Hause kommen. Es war ein Sonntag, 1. Advent. Ich wollte unbedingt mit meiner Familie beim Kerzenlicht feiern. Überlegt hatte ich, wie bringe ich es fertig, meinen Eltern und meiner Tochter beizubringen, dass ich nächste Woche zurück fahren- und einen Job in Österreich annehmen würde. Zuerst für einen Monat und später ... wer weiß ...

Es fiel mir nicht leicht über meinen Weggehen zu sprechen, denn meine Tochter war minderjährig, das hieß, ich musste sie bei meinen Eltern lassen. Es gab Millionen von Gründen, um das zu tun und genau so viele um das nicht zu tun. Für eine kurze Zeit musste ich meine Mutterliebe opfern ... Diese Entscheidung war schrecklich, sich von dem Kind zu trennen und sich ins Ungewisse zu begeben ...

Eine Woche ging schnell vorüber, die täglichen Pflichten wurden erledigt, angefangen mit der Bezahlung der Rechnungen, mit Einkäufen, Reparaturen an unserem im Krieg zerschossenen Haus und ... und ... Dazu fiel es mir verdammt schwer, meiner Tochter sagen zu müssen, warum ich sie bei den Großeltern lassen würde. Mit letzter Kraft suchte ich nach Argumenten, dass es keinen Sinn hatte, mit Angst und Erniedrigung weiter zu leben. Ich erinnerte sie an ihre Tränen, als in der Schule auf sie mit drei Fingern gezeigt wurde, was bedeutete, dass sie gemischtes Blut in sich hatte, dass sie nicht mehr dort erwünscht war. Dann, erinnerte ich sie daran, dass ich ihr geschworen hatte, alles zu tun, um uns ein Leben ohne diese Eskapaden, in einer neuen Umgebung, zu ermöglichen.

Am nächsten Sonntag, den 2. Advent, fuhr ich nach Österreich. Mit einem gebrochenen Herzen und ohne Stimme fuhr ich voller Tränen auf der Autobahn. Während der Fahrt kam mir ständig das Bild vor Augen, wie meine Tochter an der Pforte krampfhaft da stand und mir mit ihren kleinen Händen zuwinkte.

Nie davor hatte ich so eine Leere in mir gefühlt. Die Trennung von meiner Tochter, von meinen Eltern, von Istrien, mit seiner wunderschönen Landschaft. Auf der Fahr wollte ich zwischendurch anhalten, die Zypressen umarmen und mir wünschen, dass sie immer in meiner Nähe blieben. Ich wollte den Duft von Pinien in meiner Nase mitnehmen, Duft, den ich in meinen Gedichten oft beschrieben hatte. Ich wusste, dass mir Istrien sehr fehlen wurde.

Etwa nach fünf Stunden stand ich von dem großen Eingang des Hauses. Nachdem ich geklingelt hatte, öffnete sich das Tor und ich fuhr hinein. An der Eingangstür stand schon Frau Schäfer und zeigte mir die Auffahrt zur Garage, in der ich mein Auto parken sollte. Auch hier wurde die Tür mit einem Kopfdruck betätigt. Dann sah ich mehrere Autos, einige Oldtimer, unter anderen auch einen alten Rolls Royce. Ich bekam von Frau Schäfer die Garagenschlüssel ausgehändigt, weil ich nächste Woche in die Stadt fahren musste, um die Medikamente von Herrn Müller aus der Apotheke abzuholen.

Vor dem Haus zog ich mein durch die lange Fahrt sehr zerknittertes Kleid zurecht und hängte über der Schulter meinen Mantel um.

Für diese Begegnung hatte ich den schönsten pfirsichfarbenen Mohairmantel gewählt, den ich besaß. Dieser Mantel war 1989 für mich speziell für Journalisten-Symposien in Belgrad genäht worden. In jenem Jahr war dieses Treffen mit allen Journalisten Ex Jugoslawiens die letzte gemeinsame Begegnung vor dem Zerspalten unseres Landes.

Also, dieser Mantel stand auch als Zeuge der traurigen Trennung von Kolleginnen und Kollegen.

Frau Schäfer erzähle, dass Herr Müller kaum abwarten könne, mich zu sehen, dass er schon Pläne gemacht habe, wo wir zusammen überall hinfahren würden, und das noch nächsten Monat. Nicht einmal geschafft darauf zu reagieren, stand ich schon vor Herrn Müller. Er schien mir jünger geworden zu sein, hatte sein Haar glatt gekämmt, und er sah sehr elegant und zuvorkommend aus. Herr Müller fing sofort an, von seinen Plänen zu erzählen, er sagte, mich anschauend, dass wir schon nächsten Monat für längere Zeit nach Thailand fliegen würden.

Als ich ihm sagte, dass ich das nicht machen würde, kippte die Stimmung sofort. Ich las am Gesicht der Frau Schäfer ab, dass keine Frau ihm widersprechen durfte. Er fragte dann trotzdem, warum ich nicht auf diese Reise mit ihm fliegen möchte? Ich erklärte ihm, dass ich das meiner Tochter nicht antun könnte, sie so lange nicht zu sehen, zu besuchen. Ich wusste nicht einmal, wie ich diesen einen Monat aushalten würde ohne sie. Ich musste sie oft anrufen, hatte ich gesagt, worauf er fragte, aber von welchem Telefon? Wieso wusste ich noch nicht, dass das Telefonieren nach Ausland von seinem Telefon aus verboten war?

Ich wollte sofort zurückkehren. Ich wollte nicht sein Knecht werden, sein Eigentum. Wie konnte er ohne meine Zustimmung eine Reise planen und mir verbieten, den Kontakt zu meiner Familie zu haben?

Das habe ich natürlich nicht laut gesagt ...

Es wurden mir noch einige Pflichten kalt und unfreundlich auf den Tisch „serviert“, und es wurde mir ein Kamm in die Hand gedrückt, mit den ich die Fransen seiner kostbaren Teppiche zurecht kämmen sollte, die sich, nicht nur durch meine Schritte verschlungen hatten, sondern manchmal durch einen Luftzug. Die Fransen mussten gerade liegen, so wie die Soldaten beim Salutieren gerade stehen. Herr Müller verlangte, dass ich das sofort mache. Was für eine Demütigung, dachte ich, kniend auf dem Fußboden. Oh, Gott, hatte ich gedacht, was kommt noch auf mich zu? Zumindest, an diesem Abend war

sein Terror mir gegenüber kurz, denn er ging früh
ins Bett.

Frau Schäfer sah das alles und ich tat ihr sehr leid. Es
wurde ihr klar, dass unser gemeinsamer Arbeitgeber
weiterhin nicht freundlich sein würde. Sie hatte mir
ganz kurz über ihn etwas erzählt, dass er einst ein
Playboy gewesen war, dass er Frauen hasste und
allgemein unmenschlich war. Dass er mit seinen
beiden Söhnen und mit der restlichen Familie keinen
Kontakt mehr hatte. Als er noch jung war, hatte er
sein Leben in einer Fülle gelebt, Frauen malträtiert
und gedemütigt.

So eine Geschichte hatte ich nicht einmal in einem
Traum erlebt. Als mir Frau Schäfer ihre Telefonnummer gab, um sie anrufen zu dürfen, falls etwas
vorkommen würde, hatte mich schlimme Angst
gepackt. Die erste Angst. Dazu hatte sie noch gesagt,
dass am nächsten Morgen ein Gärtner, ein Slowene
kommen werde und dass er ein lieber Mensch sei.
Falls etwas Schlimmes passieren würde, könnte ich,
während Herr Müller schlief, zu ihm in Garten hin-
laufen.

Wie ich meine beste Freundin beim Abschied gedrückt hätte, so tat ich es mit Frau Schäfer. Nach
dem wir uns verabschiedet hatten, wusste ich, dass
ich einem Ungeheuer von Mensch, überlassen wurde.

Nach der unruhigen Nacht versuchte ich, „das Beil
zu begraben" und das Ungeheuer irgendwie zu ak-
zeptieren. Ich machte meine Arbeit fast perfekt. Am
nächsten Morgen hatte ich mich entschieden, mit
Herrn Müller ein belangloses Gespräch anzufangen

um nur die Angst zu vergessen, denn die Teppiche waren für ihn ein Hauptthema.

Ich hätte die Unterhaltung mit ihm lieber über die österreichischen Malern geführt, die ich hoch geschätzt hatte, wie Klimt, Kokoschka, Ernst Fuchs oder Hundertwasser, aber ich wusste auch, dass dies kein Thema für Herrn Müller von einer Bedeutung wäre.

Und, ich hatte Recht. Herr Müller war in dem „Teppich-Thema" ganz und gar aufgegangen. Er erzählte, dass seine Teppiche bester Qualität waren, angefangen mit „Isfahan", „Honar", und anderen Marken seiner Seidenteppiche. Besonders liebte er es, über einen Teppich zu sprechen, der ca. acht Millionen Knoten hatte.

Das Gespräch hätte gut ablaufen können, wenn er es nicht mit anderen Fragen unterbrochen hätte. Er wurde schnell nervös, weil ich seinem Gespräch nicht richtig folgen konnte und es nicht schaffte, seine Worte zu wiederholen: wie viele Knoten der eine oder der andere Teppich hatte, aus welchem Land kam er, was hatte einer von denen gekostet und ... und ...

Solche Fragen hatte ich nicht einmal in der Schule gehabt. Ah, die Schule? Auf einmal fiel mir mein Traum ein, den ich vor der Abreise nach Österreich hatte: Ich träumte, dass ich mein Abitur nicht geschafft hatte, weil ich mit Mathe nicht zurecht kam.

Ich fragte mich, ob diese Rechnerei von Herrn Müller etwas mit meinem Traum zu tun haben konnte.

Zum Glück kam die Zeit, zu Mittag essen, nach dem sich Herr Müller täglich eine Stunde hinzulegen pflegte. An dem Tag nutzte ich diese Stunde und lief zum Park um den Gärtner kennenzulernen.

Ich sah ihn circa in der Mitte des Parks. Es sah so aus, als hätten die Bäume und die Büsche auch Angst von dem „Diktator" gehabt, die Äste bogen sich bis zur Erde hin.

Kaum angekommen, fing ich an, mit dem Gärtner zu sprechen. Wie auch viele andere Slowenen, hieß er Dušan, also mein Namensbruder. Was für ein Zufall.

Nicht nur wegen des Namens, sondern er kam auch aus Kroatien, so wie ich. Er erzähle mir, dass er seit einiger Zeit bei Herrn Müller arbeitete, sich nicht für sein Verhalten interessierte. Für ihn sei nur sein verdientes Geld wichtig. Sonst, wusste er, dass einige Leute, die bei dem Müller gearbeitet hatten, ihn „Das Monster vom Berg" nannten. Herr Müller besaß eine Pistole, die er unter seinem Kissen im Schlafzimmer versteckt hielt, er hatte vor niemandem Angst. Er dachte sich eine Idee aus, wie er sein Personal nicht zu bezahlen brauchte und nicht bezahlen wollte. Und ausgerechnet eine der Betroffenen sollte ich sein, denn der Gärtner erzählte, dass die Frauen sein Malträtieren nicht länger als zwei-drei Tage aushielten und nach und nach verschwanden, ohne Bezahlung. Das bedeutete, dass er immer wieder Frauen für einige Tage benützte und niemals eine von denen bezahlt hatte. Schrecklich!

Nach dem Gespräch ging ich schweren Ganges wieder zum Haus zurück, das mir so ungeheuer wurde, so wie ihrer Besitzer selbst. Während er schlief, hatte ich an die Flucht gedacht. Aber wie? Allein der Gedanke, das zu tun, war sehr kompliziert.

Am Nachmittag, in dem Gespräch über Teppiche, wurde die Zeit einigermaßen erträglicher. Am nächsten Morgen, nach der Zeit, in der die Prospekte durchgeblättert, wurden, schaute er mich richtig zornig an und fragte wieder, warum ich mit ihm nicht die Reise machen wollte.

Die täglichen Rituale wurden erledigt, die Zeit verging langsam und ich konnte kaum abwarten, ins Bett zu gehen um über mein Vorhaben nachdenken.

Am nächsten Tag hatte ich mich fest entschlossen, die Flucht zu ergreifen. Als der Herr seinen Nachmittagsschlaf nahm, rief ich Frau Schäfer an und erzählt ihr alles. Sie verstand mich und half mir am Telefon, meine Flucht zu organisieren. Ich sollte die 700 Schilling aus der Kasse nehmen, die zurückgelegt wurden für die Medikamente, die ich aus der Apotheke abholen sollte. Dann hätte ich das Geld für Benzin. Zum Schluss sagte sie, dass ich meine Flucht am Morgen früh durchziehen sollte, während er noch schlief. Weiterhin sagte sie, dass ich, nach dem ich die Garage, und danach, das Eingangstor des Geländers verlassen hätte, die Fernbedienung in den Garten zurückwerfen sollte.

Die Nacht kam. Als ich glaubte, dass Herr Müller schlief, fing ich an, meine Sachen zusammen zu packen. Stillschweigend, fast ohne Atmen packte ich alles in eine Reisetasche, was ich hatte. Geräuschlos schaffte ich es bis zum Badezimmer, um meine Kosmetik rauszuholen.

Im Flur blieb mein toller Mantel im Schrank. Ich hatte versucht, die Türen aufzumachen, ohne dass sie quietschen, aber es war nicht möglich. Der Schrank war geschlossen. Ich ging zurück in mein Zimmer. Nicht um zu schlafen, sondern um mit den ersten Sonnenstrahlen des ersehnten Fluchtmorgens mein Vorhaben durchzuziehen. Diese Gedanken plagten mich, der Schweiß lief über meinen Rücken, am liebsten hätte ich in dieser schrecklichen Situation losgeschrien.

Es wurde fünf Uhr. Ich versuchte noch einmal den Kleiderschrank zu öffnen, um meinen Mantel herauszuholen. Es klappte. Schnell lief ich zu Garage. Der Weg dort hin war lang und gefährlich. Einige Geräusche kamen von außen.

Wie in einem Krimifilm. In meiner Aktion zitterten meine Hände so, dass ich das Auto nicht aufmachen konnte. Zuerst der Schrank, jetzt das Auto? Der erste Versuch, nichts. Der zweite Versuch, nichts. Meinen kleinen Renault versuchte ich aus der Garage heraus zu schieben und ich schaffte es. Wo ich diese Kraft hatte, weiß ich heute noch nicht.

Ich saß in meinem Auto, mitten auf dem Gelände, schaute auf die Fenster im ersten Stock. Plötzlich hatte ich das Gefühl, dass jemand hinter der Gardine stünde und mich beobachtete. Ich glaubte, dass sich die Gardine am Fenster bewegt habe. In diesem Augenblick fiel mir ein, dass Herr Müller eine Pistole hatte und dass er wahrscheinlich auf mich schießen wurde. Schnell versuchte ich den Motor anzumachen und es gelang mir auch. Ich fuhr Richtung Ausfahrt, machte alles nach dem Plan, den mir Frau Schäfer am Telefon zitiert hatte. Nach der Ausfahrt warf ich die Fernbedienung in das Gelände zurück. Hinter mir schloss sich, natürlich auf Knopfdruck, das eiserne Tor. Meine Flucht hatte geklappt. Ich war auf der Fahrt in Richtung Graz.

Zitternd fuhr ich zuerst zu meiner Freundin. Während der Fahrt hatte ich gedacht, dass mich Herr Müller bei der Polizei melden wurde. Aber was hätte er dort gesagt? Schon recht: Ich hatte 700 Schilling aus der Kasse herausgenommen. Wobei ich für die drei Tage meiner Arbeit keinen Arbeitslohn bekommen hatte. Er hatte mich überdies schwarz angestellt. Nein, er würde nicht zu Polizei gehen, dachte ich.

In diese Gedanken versunken, erreichte ich die Stadt. Als ich bei meiner Freundin klingelte, es war gerade sechs Uhr morgens. Ich sah gewiss schrecklich aus, die Haare zerzaust, vermutete ich, weil sich meine Freundin, als sie mich sah, sehr erschrak. Die Wärme in der Wohnung und der heiße Tee halfen mir dann, mich von dem Zittern zu lösen. Ich erzähle der Freundin alles in Details. Sie sagte nach einer Weile, ich solle so schnell wie möglich alles vergessen. Sie lud mich bei einer ihrer weiteren Freundinnen zum Frühstück ein und ich ging mit. Essen konnte ich nicht, es war mir nicht danach. In Graz fing es zu regnen. Mir war auch nicht danach, weiter zu fahren. Ich fühlte mich wie gelähmt.

Trotzdem stieg ich ins Auto und fuhr. Auf einmal hörte ich einen Krach. Ich hatte ein Stoppschild übersehen. Meine Schuld. Wir stiegen aus dem Auto, der Unfallgegner auch. An Ort und Stelle tauschten wir unsere Adressen und Versicherungsdaten aus. Beide Wagen hatten mehr als einen Kratzer abbekommen, aber ich dachte in diesem Moment, die Versicherungen seien doch genau dafür da. Ich konnte in der Situation nicht mehr klar denken.

Mein Auto fuhren wir dann zu einem Landsmann in Graz. Die Reparatur kostete 3.500 Schilling. Ich zahlte die Rechnung in fünf Raten ab.

Also, Fazit, ich musste wieder nach Istrien zurück. Mich weiterhin provozieren, beschimpfen, beleidigen lassen, und dort weiterhin in einer Angst leben. Mein Umzug nach Westen hatte nicht geklappt, oder vielleicht verspätete er sich.

Es wurde gesagt: „Das was sich verspätet, vergeht nicht".

Gastarbeiterjahre.
Ein Stück Autobiografie
von Emina Čabaravdić-Kamber

Es überrascht niemanden, dass die Literatur in der fremden Welt blüht. Erstaunlicher ist vielmehr die Tatsache, dass nicht alle Menschen, die in der Fremde leben, Poeten geworden sind. Denn das Leben jedes Einzelnen ist ein Schicksal, ein Roman.

Geboren 1947, in dem Hungerjahr, als achtes von elf Kindern einer Textilnäherin und eines Tuchhändlers, wurde ich mit sechs Jahren eingeschult. Ich erlebte meine Kindheit zwischen täglichen Pflichten und Träumen, eines Tages so gut zeichnen und mit den Textilien so umzugehen zu können, wie meine Mutter. Uns sieben Töchter hatte sie von klein auf in ihre sogenannte „Textilproduktion" eingearbeitet. Sobald der Vater von einer seiner Handelsreisen aus Italien, Istanbul oder aus Syrien zurückkam, fuhren wir Kinder mit dem Holzwagen zum Bahnhof, um ihn und die eingekauften Stoffe abzuholen. Innerhalb Bosniens schloss er sich immer wieder einer Handelskarawane an, und sobald diese unseren Hof erreichte, liefen wir unserem Vater entgegen. Seine Töchter durften als erste die schönsten Stoffe für ihre Kleider aussuchen. Die Nachbarinnen kamen hinterher und kauften die restlichen Textilien auf. Unsere Mutter nahm von ihnen sogleich die Körpermaße auf und ließ daraus Bekleidung nähen. Vater und Mutter hatten Hand in Hand gearbeitet, und wir Kinder lernten, was es heißt, in einer eigenen Produktion zu existieren.

Ein fertig genähtes Kleid für eine Flasche Öl!

Es war meine Aufgabe, die genähten Kleidungsstücke in der Nachbarschaft auszuliefern. Voller Freude ging ich dann mit der Flasche Öl nach Hause, denn ich wusste, dass Mutter uns mit dicken frisch gebackenen Brotscheiben, Öl und Salz darauf, belohnen würde.

Wie glücklich wir Kinder waren, lässt sich nicht mit Worten ausdrücken. Aber es gab auch Tage, an denen unsere vier Brüder von morgens bis abends mit dem Vater auf den Feldern arbeiten mussten. Vor dem Schlafengehen legte Mutter ihnen oft Kräuterumschläge auf die Schwielen, um ihre Schmerzen zu lindern. Die Brüder hatten es nicht leicht, trotzdem waren sie glücklich. Sie wurden von uns Schwestern sehr geliebt und manchmal auch verwöhnt.

Der einzige von den Brüdern, der noch lebt, erzählt dennoch, dass ihm selbst heute bei dem Gedanken, dass der Vater uns Mädchen von der schweren Feldarbeit immer wieder verschont hatte, eine innere Wut hochkommt. Für unseren Vater waren wir Mädchen eben seine sieben Perlen. Da ließ er sich nicht umstimmen. Er pflegte oft im Scherz zu sagen: „Meine Söhne, die Frau ist der Kopf und der Mann ist der Hals. Vergesst das nicht! Der Hals geht in die Richtung in die sich der Kopf dreht. Auf das Leben eurer Schwestern kommt genug Verantwortung zu: Bildung, Kindererziehung, Kochen, Nähen und vieles mehr. Sie werden das Leben lenken."

Heute sage ich: Mein Vater hatte Recht!

In Bezug auf das Familienleben hatte jeder von uns nicht nur eine Aufgabe. Da wir elf Kinder waren, wurde gelegentlich drei Mal am Tag Brot gebacken.

Unsere Mutter ließ uns Mädchen parallel zur Näharbeit auch noch kochen und backen. Wenn eine von uns zu Mittag gekocht hatte, dann beobachteten wir am Esstisch nur Vaters Gesicht. Ob es ihm geschmeckt hatte oder nicht, wurde beim Essen nicht diskutiert, das konnten wir nur an seinem Gesichtsausdruck erahnen. Da wir Kinder immer Hunger hatten, aßen wir ohne Pause. Zum Meckern hatten wir keine Zeit.

Über dieses Kapitel meiner Kindheit gibt es Anekdoten in Hülle und Fülle, die ich einzeln geschrieben - und noch nicht alle veröffentlicht habe.

Mit vierzehn Jahren erlebte ich einen schweren Sportunfall. Beim Zusammenstoß mit der Spielgegnerin in einem Handballspiel riss an meinem linken Fuß die Achillessehne. Von dem Tag an wurde ich durch vier Operationen gehbehindert, durfte nicht laufen, bis die Hauttransplantation angewachsen war. Meine Freunde und meine Familie kamen, saßen lange an meinem Bett, erzählten nacheinander schöne Geschichten. Eines Tages wollte ich sie überraschen, schrieb ein Gedicht und war glücklich, es allen vorlesen zu können. Die Überraschung war mir gelungen. Von dem Tag an schrieb ich immer wieder, feilte an meiner Poesie. Trotz der Krankheit, nahm mein Schreiben seinen Lauf. Ich wurde von meinen Freunden von einem Jugendclub zum anderen in einer Holzkarre gefahren und manchmal sogar auf dem Rücken getragen. Natürlich immer mit meinen Gedichten unterm Arm. Ich las und las, und die anderen lauschten. Manchmal musste ich ein Gedicht zwei Mal vorlesen, weil sich der eine oder der andere darin wiederfand.

Als die letzte Operation in dem Belgrader Militärkrankenhaus angeblich erfolgreich verlief, konnte ich nach drei Monaten entlassen werden. Meine Mutter kam aus Bosnien, und wir fuhren mit einem Schnellzug nach Sarajevo.

Es kam die Zeit, sich an einer Berufsschule einzuschreiben oder das Gymnasium fortzusetzen. Meine Eltern spürten bei mir das praktische Talent in der Textilmalerei, denn meine Aufgabe war, die Zeichnungen meiner Mutter auf die Stoffe zu übertragen und nachzuzeichnen. Also schlugen mir die Eltern vor, eine Textilschule in der nahe gelegenen Stadt Zenica aufzusuchen. Ich musste zugeben, das Gymnasium nicht fortsetzen zu müssen, war auch mein Gedanke und so geschah es!

Alle drei Monate fuhr ich nach Sarajevo zur Kontrolle, denn auf dem linken Bein wurde ich immer unsicherer. Die Schmerzen ließen nicht nach. Jeder Schritt wurde zur Qual. Mein Unterrichtsausfall zog sich über Wochen hin, ich landete immer wieder im Krankenhaus. Einmal blieb ich ununterbrochen drei Monate unter ärztlicher Kontrolle. Ein Arzt sah keine andere Möglichkeit, als das linke Bein bis unter das Knie zu amputieren. Weitere drei Ärzte waren streng dagegen, versuchten alles Mögliche, um das Bein zu retten. Die plastische OP, einst in Belgrad durchgeführt, hatte dicke Narben hinterlassen, die mit der Zeit aus allen Nähten rissen. Ich war wieder ans Bett gebunden, bekam Schularbeiten nach Hause, lernte und schrieb Gedichte. Trotzt des ständigen Unterrichtsausfalls beendete ich die Textilschule und das linke Bein wurde nicht amputiert.

Nach dem ich wieder aus dem Krankenhaus entlassen worden war, konnte ich langsam laufen und mit der Zeit endlich wieder Schuhe tragen. Auch aus dem Kapitel meiner Jugendzeit gibt es viele Anekdoten, irgendwann werden sie aufgeschrieben und veröffentlicht.

Eines Tages fuhr ich mit meiner Mutter nach Sarajevo, um meine älteste Schwester zu besuchen, die in der Stadt mit ihrer Familie lebte. Auf dem Weg zu ihr ging eine Gruppe von Musikern an uns vorbei. Einer der Jungen trug eine Gitarre und blieb plötzlich stehen. Meine Mutter gab mir das Zeichen, sich nicht umzudrehen, doch der junge Mann stand schon vor mir und ließ mich nicht weitergehen. Aus der Frage, ob ich zum Jugendklub mitkommen möchte, sind drei Jahre der Verlobung und Neunundzwanzig Jahre einer Ehe geworden. Bis zu seinem Tod, er starb 1996 an Herzversagen, war mein Mann Gastronom. Aus der Ehe sind meine lieben Kinder Deta, Mini und Pasa hervorgegangen, ohne die ich mir mein Leben nicht vorstellen kann. Dazu gekommen sind noch fünf hervorragende Enkelkinder, die mein Leben bereichern. Mein Vater hätte jetzt gesagt: „Du bist in der heutigen Zeit die reichste Frau der Welt". Nach seinem Tode hinterließ er neun noch lebende Kinder, zweiunddreißig Enkelkinder und sieben Urenkel. Wenn das nicht ein Reichtum ist.

Die Jahre der Qual waren vorbei. Ich konnte wieder gut laufen, sogar hochhackige Schuhe tragen. Tanzen war leider noch nicht möglich. Nach dem ärztlichen Vorschlag, lieber ruhiger vorzugehen als wieder im Krankenhaus zu landen, ging ich nicht in unseren

Jugendklub. Dort gab es dienstags und donnerstags Tanzabende, doch ich blieb vorwiegend zu Hause.

Mein späterer Ehemann nahm aufgrund einer Zeitungsanzeige an einem Wettbewerb teil. Es wurde der beste Meister für Kirchenglaserei gesucht. Geworben hatte, Jugoslawien weit, eine Hamburger Glasfirma. Mein Freund gewann den Wettbewerb, bekam einen Auftrag und ging für sechs Monate nach Hamburg. Um sicher zu gehen, dass ich auf ihn warten würde, verlobten wir uns vor seiner Abreise, was meinem Vater gar nicht gefiel. Nun, mein Verlobter bekam immer wieder einen neuen Auftrag, und blieb eineinhalb Jahre in Hamburg.

Als Verlobte durfte ich nicht allein tanzen gehen, seine Mutter kontrollierte mich ständig, wohin ich ausging und mit wem. Meinem Vater hatte das nicht gefallen. Jedes Mal, wenn er mich gefragt hatte, was mein Freund schreibt, wann er gedenkt zurück zu kommen, hatte ich versucht, ihn in Schutz zu nehmen. Eines Abends kamen meine Freundinnen um mich zum Tanzen abzuholen. Ich blieb wieder zu Hause. Diesen Abend kann ich nicht vergessen: Nachdem meine Freundinnen gegangen waren, kam mein Vater auf mich zu und sagte, ich soll mich an den Tisch setzen. Er wird diktieren und ich soll schreiben. Im ersten Augenblick wusste ich nicht, um was es ging, fragte, was ich schreiben soll. Er setzte sich mir gegenüber auf Mutters Nähstuhl und fing an zu diktieren: „Lieber ... Aus dem sechsmonatigen Auftrag in Hamburg, sind in zwischen achtzehn Monate geworden, und so wie es aussieht, beabsichtigst du nicht zurück zu kommen. Hiermit löse ich die Verlobung auf, sende dir mit diesem Brief auch deinen Ring zurück."

Ich schaute meinen Vater an, dachte er macht Spaß, aber Nein. Er nahm mir den Brief aus der Hand, um sich zu vergewissern, dass ich alles, was er diktierte auch aufgeschrieben hatte. Er saß stillschweigend auf dem Stuhl, schaute zu, wie ich das Päckchen zuklebte und dann sagte er: „Deine ganze Jugendzeit bist du krank gewesen, jetzt, wo du endlich wie alle jungen Leute dein Leben leben sollst, zum Tanzen gehen kannst, jetzt wirst du von seiner Mutter ständig kontrolliert, wohin du gehst, und mit wem du deine freie Zeit verbringst. Das lasse ich nicht mehr zu. Genieße dein Leben! Wenn er dich liebt, dann wird er zurückkommen. Ich kann nicht mehr zusehen, wie du, wie eine Gefangene, deinem Glück nachweinst.

Und es geschah. Ich sandte den Ring und den Brief in einem kleinen Polsterumschlag nach Hamburg.

Zwei Monate hörte ich nichts von meinem Freund. Es sah so aus, als hätte er sich damit abgefunden, und ich fing an auszugehen, Ausflüge mit Freunden zu machen, an Wochenenden mit meinen Schwestern Städte zu bereisen.

Nach den zwei Monaten, an einem kalten Dezembertag stand mein späterer Ehemann plötzlich vor unserer Haustür. Meine Eltern baten ihn herein. Ausgestiegen aus dem Zug auf unserem kleinen Bahnhof in Kakanj, kam er direkt zu uns. Noch bevor er seine Heimatstadt Sarajevo erreicht hatte. Ich war sprachlos, meine Eltern waren überrascht. Mutter machte gleich Mokka, fragte ihn, ob er zuerst etwas essen möchte. Auf jeden Fall, der Tisch war schnell gedeckt. Mein Vater sprach mit ihm als wäre nichts passiert, fragte nach seiner Arbeit in Hamburg und wie er sich dort etabliert hatte. Ich saß in einer Ecke, das Gespräch zwischen den beiden interessierte mich nicht, ich wünschte mir, ihn allein zu sprechen, um meine Wut herauszuschreien.

Der Vater las mir meinen Wunsch vom Gesicht ab, ging aus der Wohnküche nach draußen, ließ uns beide in dem Raum allein. Nein, wir haben uns nicht gegenseitig angeschrien. Mein Freund sagte mit einer zitternden Stimme: „Ich bin gekommen, um bei deinem Vater um deine Hand anzuhalten."

Einige Tage später wurde geheiratet, und ich zog zu ihm nach Sarajevo. Nach einer Woche bat er mich, jemanden zu meinen Eltern zu schicken um meinen Reisepass zu holen. Auf die Frage, wofür ich meine Reisepapiere brauche, sagte er ganz leise: „Emina, ich muss zurück nach Hamburg, und du kommst mit." Also, er hatte meine Eltern belogen, mich belogen, um später zu erzählen, dass er das alles nur aus Liebe getan hatte.

Anfang Januar 1968 fuhren wir mit dem Zug nach Hamburg. Nach sechsundzwanzig Stunden Fahrt erreichten wir den Hamburger Hauptbahnhof. Auf meine Frage, warum wir nicht aussteigen, erklärte mir mein Mann, dass wir bis zur Endstation Altona fahren müssten, denn er lebte in diesem Stadtteil, in der Nähe des Bahnhofs.

Es war drei Uhr nachts. Die Koffer standen schon vor der Ausgangstür des Waggons. Wir fuhren an der Alster vorbei. Bis dahin, hatte ich noch nie so viele kleine Lichter auf einem Haufen gesehen. Tausende davon schmückten die Stadt. Auf der Alster sah ich einen riesigen Tannenbaum, der den Himmel emporstieg, und ich glaubte auf einem anderen Planeten angekommen zu sein. An der Endstation Altona ausgestiegen, gingen wir aus dem leeren Bahnhof Richtung Hauptstraße. Die Koffer waren voll beladen mit jugoslawischen Lebensmitteln: geräuchertem Rinderschinken, Sliwowitz, geräuchertem Käse und unter anderem auch mit unserer Bekleidung. Ich sah wunderschöne, riesig große Schaufenster, strahlend beleuchtet und blieb auf der Hauptstraße stehen. Mein Mann bat mich weiter zu gehen, es sei sehr spät, ich würde genügend Zeit haben, mir tagsüber die Schaufenster anzuschauen.

In der Nähe des Bahnhofs gingen wir durch einen Park, den mein Mann als eine Abkürzung nutzte um das Haus in dem er wohnte, schneller zu erreichen.

Plötzlich standen wir vor einem wunderschönen, weißen Gebäude mit hohen Fenstern. Mir kam es vor, als hätte mein Mann seine Straße nicht gefunden, als hätte er sich verlaufen. Ich konnte es nicht glauben, dass er in diesem traumhaften Haus wohnte, er war doch nur achtzehn Monate in Deutschland gewesen, und ich fragte mich, wie konnte er es geschafft haben in so einer kurzen Zeit so viel Geld zu verdienen, um sich so teuer einzumieten?

Das Eingangstor war auf der dritten Stufe als Straßeneingang zu benutzen. Er machte das Tor auf und wir befanden uns in einem Zwischenraum. Fünf weitere Stufen fuhren zum Haupteingang des Gebäudes. An den Türen waren wunderschöne Mosaikbilder in prachtvollen Farben zu sehen. Mein Mann gab mir ein Zeichen, leise zu sein. Um Lärm zu vermeiden, trugen wir unsere schweren Koffer die fünf Stufen hoch und befanden uns in einem großen Foyer. Nachdem mein Mann das Licht angemacht hatte, ließ er mich auf dem glänzenden Boden stehen und sagte: „Warte hier, ich hole dich gleich ab."

Dann verschwand er hinter der nächsten Tür. Ich betrachtete die prachtvollen grünen Pflanzen, die in großen Blumenkübeln das Foyer schmückten. Auf dem glänzenden Fußboden konnte ich mich bei dem Kronleuchterlicht spiegeln. Eine Marmortreppe zog sich wie in einem Labyrinth nach oben. Auf der halben Treppe sah ich eine weiße Tür und fragte mich, ob jemand da wohnte? In dem Augenblick kam mein Mann zurück. Wir gingen bis zu einer verrosteten eisernen Tür. Er machte sie auf und sagte, dass er als erster die Treppe hinunter steigen würde und ich ihm langsam folgen solle. Wir befanden uns in einem dunklen Kellerflur. Eine einzige Glühbirne hing lose unter der Decke. Links und rechts sah ich angenagelte Holzlatten, hinter denen die bunten Decken gespannt waren. Wir gingen weiter, kamen an eine Tür, die mein Mann vorher aufgemacht hatte.

„Hier wohne ich", sagte er flüsternd. „Wir müssen ganz leise sein. Links und rechts des Kellerflurs leben meine Arbeitskollegen. Die müssen früh aufstehen, um zur Arbeit zu gehen".

Als ich sein Zimmer betrat, fühlte ich mich wie gelähmt, konnte nicht sprechen, sah mich nur um.

In dem Zimmer von circa acht Quadratmetern war der Boden mit Kartons ausgelegt. Es gab ein hochklappbares Bett, einen Plastikstuhl. Ein kleiner Holztisch diente als Esstisch und zugleich als Ablagetisch. Darauf stand ein Tablett mit einer Mokkakanne und zwei Mokkatassen. Das winzige, vergilbte Waschbecken sah nicht besser aus als der verrostete Spiegel, der darüber an der feuchten Wand hing. Es gab eine Fensterlücke, in der sich das schmutzige Laub, vermischt mit Schnee gesammelt hatte, wodurch das Tageslicht nicht in den Raum dringen konnte. Der ganze Raum war verschimmelt. Mein Mann machte die Tür zu, ging in die Küchenecke, die sich hinter einem Stoffvorhang befand, um für uns einen Kaffee zu machen. Die Küche bestand aus einer Kochplatte, einem Teller, einem Besteck und zwei Kochtöpfen. Ich wollte sofort umkehren, fing an zu weinen, konnte mich nicht beruhigen. In dem Zustand kamen mir die Gesichter meiner Eltern vor die Augen. Ich dachte laut: wenn sie jetzt sehen würden, wo ich gelandet bin, würden sie mich sofort wieder nach Hause holen.

Aber ich blieb.

Meine Eltern lebten und starben, ohne jemals erfahren zu haben, wie meine erste Begegnung mit Deutschland verlaufen war. Zuerst die Bewunderung von tausenden Weihnachtslichtern, denkend, das sei Deutschland und dann folgte die Kehrseite eines Gelobten Landes. Das waren die siebziger Jahre, die später als Gastarbeiterjahre bezeichnet wurden.

Am nächsten Tag kamen die jugoslawischen Arbeitskollegen meines Mannes, um mich zu begrüßen. Sie versuchten mich zu motivieren, damit ich aushalten würde. Ich fühlte mich wie in einem unterirdischen Gefängnis. Am dritten Tag kam mein Mann von der Arbeit nicht wie üblich um 16 Uhr nach Hause. Aus Angst in dem Keller an diesem Abend allein zu sein, ging ich vor die Eingangstür, blieb auf der Treppe sitzen und wartete auf ihn. Es wurde langsam dunkel. Er kam nicht. Ich kehrte ins Haus zurück, stieg die eiserne Treppe zu den Kellerräumen herunter, lief den Flur zu unserem Zimmer entlang und schloss die Tür hinter mir. Es wurde spät. Im Flur waren keine Stimmen zu hören, ein Zeichen, dass die Arbeiterkollegen meines Mannes auch noch nicht von der Arbeit zurückgekommen waren. Meine Angst wurde immer unerträglicher. Ich ging in die Küche, sah auf einem kleinen Regal eine Flasche mit unverdünntem Essig und trank den ganzen Inhalt aus.

Im Krankenhaus aufgewacht, fand ich meinen Mann an meinem Bett sitzend. Bevor ich Fragen stellen konnte, erzähle er, dass mir der Magen ausgepumpt worden und dass alles gut gegangen sei. Dann fügte er noch hinzu, dass seine Firma an jenem Abend bis in die Nacht hinein einen Einsatz im Hamburger Hafen gehabt hatte. Da wir kein Telefon besaßen, hatte er mich auch nicht benachrichtigen können.

Eine Woche später holte er mich aus dem Krankenhaus ab. In dem Keller angekommen, kam mir die Stimme meiner Mutter ins Ohr. Sie wiederholte einen Satz, den sie bei meinem Abschied schon einmal gesagt hatte: „Emina, du folgst deinem Glück, nimm dein Leben in deine Hände und mach was daraus.“

Es folgten die Jahre des Existenzaufbaus, der Kindererziehung, der Fortbildung, des Studiums, der Familienverluste, des Bosnienkrieges und meines Lebens in der Nachkriegszeit bis zu meiner beidsei-

tigen Lungenembolie. Darüber werde ich ein ander-
mal schreiben. Am 6. Januar 2018 werden 50 Jahre
meines Lebens in dem Zwiespalt vergangen sein, in
dem ich nie das eine oder das andere meiner beiden
Länder - Bosnien und Deutschland - aufgeben
möchte.

Die weltberühmte Stari Most (Alte Brücke) in Mostar.

Bibliographie Emina Kamber

bearbeitet von Sven j. Olsson

Prosa, Lyrik

Meine Gedichte. Zenica: Dom Stampe, 1984 [Deutsch]

Moji Stihovi. Gedichte. Sarajevo: Svjetlost Sarajevo, 1984 [Serbokroatisch]

Daljina me vama zove. (auf dt.: Die Ferne ruft mich). Zenica: Dom Stampe, 1988 [Serbokroatisch]

Domovina u scru : Heimat im Herzen. Zenica: Dom Stampe, 1988 [Serbokroatisch/Deutsch]

Sve je daleko od mene - Tutto é lontano da me. (auf dt.: Alles ist so weit weg). Napoli: Editioni La Sfinge, 1989 [Italienisch]

Lieben um geliebt zu werden. Lyrik, Aphorismen. deutsch, englisch, serbokroatisch. Engl. Übers.: Brigitte Soboll und Frank Jungesblut. Novi Sad/London/New York: The Fourth Wave, 1991

Hamburger Kriegstagebuch : Die Blutige Epoche Ex-Jugoslawiens 1991 - 1995. Wuppertal: Bosnisches - Europäisches Wort, 1997

Wie Salomo nach Leipzig kam : Gedichte zur Kirchentagslosung. Leipzig: Edition Nordwindpress, 1997

Der Schänder : Nach Jahren traf sie ihn wieder ... Eine Erzählung. Übers. aus dem Bosn.: Emina Čabaravdić-Kamber. Dt. Bearb.: Peter Schütt; Elisabeth Danner. Hundorf: Edition Nordwindpress, 1998 [Deutsch/Bosnisch]

U Emminom scru - In Emma's Herzen. Hamburg 2004

Begegnung an der Ägäis : Ein Erzählgedicht. Tuzla/Wuppertal: Bosanska Riječ/Das Bosnische Wort, 2006

Lebenspfad : Nord Süd. Gedichte. Strausberg: Edition Nordwindpress, 2015

Lebenspfad : Nord Süd. Tuzla/Wuppertal: Bosanska Riječ/Das Bosnische Wort, 2016

Anthologien (als Herausgeberin & Autorin)
Und Jedem Seine Heimat. Eine Hamburger Anthologie. Hamburg: Edition Nordwindpress, 1997
Ich hätte dich gern lachen sehen : Gedichte zum Frieden. Hrsg. mit Uwe Friesel. Hof Grabow: Edition Nordwindpress, 2004
Ich wehre mich dagegen! : Gegen Rassismus und Gewalt. Dokumentation der Beiträge von Kulturschaffenden und Wissenschaftlern. Hamburg: Edition Nordwindpress, 2004
Und Bosnien nicht zu vergessen ... : Geschichten und Zeichnungen aus dem deutsch-bosnischen Projekt „Das Fremde in uns". Hrsg. mit Uwe Friesel. Tuzla/Wuppertal: Bosanska Riječ/Das Bosnische Wort, 2008
Künstlerkolonie : Im Schloss Tangermünde mit Emina Čabaravdić-Kamber. Tuzla/Wuppertal: Bosanska Riječ/Das Bosnische Wort, 2009
I da se Bosna ne zaboravi. Hrsg. mit Uwe Friesel. Tuzla: Bosanska Riječ, 2014
Ich hätte dich gern lachen sehen : Gedichte zum Frieden. Anthologie. Hrsg. mit Uwe Friesel. Tuzla/Wuppertal: Bosanska Riječ/Das Bosnische Wort, 2015
Ankunft im Dazwischen. Hrsg. mit Reimer Boy Eilers. Tuzla/Wuppertal: Bosanska Riječ/Das Bosnische Wort, 2015
Brücke der Hoffnung. Hrsg. mit Uwe Friesel. Tuzla/Wuppertal: Bosanska Riječ/Das Bosnische Wort, 2015

Dokumentationen

Kunst des Nähens : „Heute wie Damals". Ein „Nähprojekt" mit alleinerziehenden Müttern in Zentral-Bosnien nach dem Bürgerkrieg (1992-1996). Projektleiterin Emina Čabaravdić-Kamber [Deutsch]

Brücken der Dichter : Der internationale Literaturclub „La Bohemia" in Hamburg. Projektleiterin Emina Čabaravdić-Kamber. Edition Nordwindpress, 2004

Wenn Granaten fallen bleibt dein Herz stehen : Eine Dokumentation über Kinder in Bosnien-Herzegowina nach dem Krieg. Projektleiterin Emina Čabaravdić-Kamber. Hof Grabow: Edition Nordwindpress, 2004 [Deutsch/Bosnisch]

Aus-grenzung : EU-Jugendprojekt in Bosnien-Herzegowina und Deutschland. Hrsg. Edmund Siemers-Stiftung Hamburg. Projektleiterin Emina Čabaravdić-Kamber. Tuzla/Wuppertal: Bosanska Riječ/Das Bosnische Wort, 2011 [Bosnisch/Deutsch]

Nachbarn. Edmund Siemers-Stiftung und Goethe-Institut Sarajevo. Projektleiterin Emina Čabaravdić-Kamber. Tuzla/Wuppertal: Bosanska Riječ/Das Bosnische Wort, 2011 [Bosnisch/Deutsch]

Wie finde ich meinen Weg. EU-Jugendprojekt in Bosnien-Herzegowina und Deutschland. Hrsg. Edmund Siemers-Stiftung Hamburg und Goethe Institut Sarajevo. Projektleiterin Emina Čabaravdić-Kamber. Tuzla/Wuppertal: Bosanska Riječ/Das Bosnische Wort, 2011 [Bosnisch/Deutsch]

Schaut her nach Bosnien : Unser Leben - Jahre nach dem Ende des Krieges. Dokumentation über Jugendprojekte in Bosnien-Herzegowina. Projektleiterin Emina Čabaravdić-Kamber. Strausberg: Edition Nordwindpress, 2014 [Deutsch/Bosnisch]

Zwei Schulen unter einem Dach. Edmund Siemers-Stiftung Hamburg und Goethe-Institut Sarajevo. Projektleiterin Emina Čabaravdić-Kamber. Tuzla/Wuppertal: Bosanska Riječ/Das Bosnische Wort, 2015 [Bosnisch/Deutsch]

Übersetzungen

Domovina u scru : Heimat im Herzen. Zenica: Dom Stampe, 1988 [Übersetzung aus dem Serbokroatischen]

Daljina me vama zove : Die Ferne ruft mich. Zenica: Dom Stampe, 1988 [Übersetzung aus dem Serbokroatischen]

Internationales Handbuch für Hörfunk und Fernsehen. Hrsg. Hans-Bredow-Institut. Baden-Baden: Nomos Verlagsgesellschaft, 1998/99 [Übersetzung aus dem Serbokroatischen]

Riječi lete svijetom (Worte fliegen durch die Welt). Gedichte. Sammelband. Nordwindpress, 1998 [Übersetzung aus dem Deutschen]

Jekić-Golik, Duška: *Es wird nie mehr so wie es war.* Gedichte. Nordwindpress 2004 [Übersetzung aus dem Kroatischen]

Isaković, Alija: *Hasanaginica.* Eine bosnische Ballade als Theaterstück. 2015 [Übersetzung aus dem Bosnischen]

Leineweber, Gino: *Srebrene niti (Silberfäden).* Gedichte. Tuzla/Wuppertal: Bosanska Riječ/Das Bosnische Wort, 2017 [Aus dem Deutschen]

Eilers, Reimer Boy: *Crveno Ostrvo (Rote Insel).* Gedichte. Tuzla/Wuppertal: Bosanska Riječ/Das Bosnische Wort, 2017 [Aus dem Deutschen]

Aufnahmen
Emina : Sevdah. Liebeslieder aus Bosnien und Lyrik.
CD. Tuzla/Wuppertal: Bosanska Riječ/Das Bosni-
sche Wort, 2007, 2011, 2014 [Bosnisch/Deutsch]

Unveröffentlichte Kurzgeschichten
Buchstabenspiel
Das Elternhaus
Der Schuhputzer
Die rosa Seife
Es regnet
Maria Scherz
Wilder Kirschbaum

Märchen
Der Embryo
Drei kluge Brüder

Kindergedichte
Wenn Engel verreisen
Der Weihnachtsmann kommt
Die Mäuse verreisen
Mama
Emma
Karim
Erster Schüler
Der Buchstabe A
Aus dem Herzen
Bei Nana
Nanas Bücherregal
Zwei Freundinnen

Nachwort
von Sven j. Olsson

Am Anfang stand die Frage des Kollegen Reimer Boy Eilers: „Wollen wir zum Siebzigsten von Emina nicht eine Festschrift herausgeben?"

Ohne lange zu überlegen, was das an Arbeit bedeuten könnte, sagte ich: „Ja". Dann sprachen wir über dieses und jenes, über die VS-Vorstandsarbeit und unsere derzeitigen Schreibprojekte. Als wir aufgelegt hatten, korrekterweise müsste ich sagen „aufgedrückt" hatten, ist es doch nicht mehr jener Hörknochen, wie ihn einst Arno Schmidt benannte hatte, sondern nur ein Symbol auf dem Smartphone, dachte ich plötzlich: Eine Festschrift? Zum siebzigsten Geburtstag? - Unbehagen machte sich angesichts der unbekannten Aufgabe, die auf mich zukommen würde, Platz. Kurz überlegte ich, das Telefon lag noch in der Hand, ob ich ..., dann schob ich das Unbehagen beiseite. Ein runder Geburtstag, und dann ein solcher, ist immer ein guter Anlass, sich mit dem Leben und Wirken der Person zu beschäftigen, die diesen Geburtstag feiert. Und Reimer Boy Eilers war ein mit allen Wassern gewaschener Fahrensmann, was war da zu befürchten?

Und ich tat gut daran, mich auf dieses Abenteuer einzulassen. Bei einem erfahrenen Kapitän, der uns durch alle Untiefen und Stürme einer Anthologieerstellung navigierte, angeheuert, sammelte ich als Moses einen großen Schatz an Erfahrungen.

Der Kaptein Eilers kontaktierte, schrieb, mahnte und sammelte die Beiträge ein. Stündlich trudelten

Mails in sein Postfach, und in die Rohfassung eingebaut, landeten bei mir fast täglich neue Versionen der Festschrift an. Tag für Tag wurde sie umfangreicher.

Wo gestern noch ein leeres Blatt gähnte, zeigte sich mit einem Mal ein Gedicht. Wo nur eine Überschrift eine Idee andeutete, prangte plötzlich ein Essay; und wo nur der Name eines Autors stand, fanden sich alsbald zu Sätzen gefügte Worte über die Jubilarin.

Als Moses sah ich, wie mein Käpt'n, Reimer Boy Eilers, geschickt die Klippen der Lobhudelei umschiffte und die Beiträge zur Festschrift gekonnt zu einer Seekarte des Lebens von Emina Kamber zusammenfügte.

Es war wie auf großer Fahrt. Obwohl ich nicht weiß, wie es auf großer Fahrt ist, denn ich war noch nie auf großer Fahrt, aber es fühlte sich so an. Der Kapitän steuerte täglich neue Häfen an, verstaute exotische Waren unter Deck und immer wieder überraschend tauchten neue Landschaftsformationen am Horizont auf.

Jedes erneute Lesen, jedes erneute Suchen nach Tipp- oder Formatierungsfehlern führte zu einer neuen Sicht auf die Jubilarin Emina Kamber. Beiträge schoben sich in den Vordergrund, rückten wieder nach hinten, um beim nächsten Lesen wieder wichtig und interessant zu erscheinen und einen neuen Aspekt zu liefern. Was für ein Abenteuer.

Die einzelnen Beiträge entpuppten sich als Puzzlestücke. Für sich genommen sind sie schön, unterhaltsam und interessant. Oft alles zur gleichen Zeit. Das ist gut. Und notwendig, soll das Lesen der Festschrift nicht zur Pflicht ausarten, sondern Freude bereiten.

Aber in einer Festschrift wie dieser versammelt, bekommt jeder einzelne Beitrag durch den Rahmen und den Anlass, den Vorgänger und die Nachfolgerin, plötzlich ein zweites Gesicht. Er wandelt sich zu einem Baustein, der beiträgt, ein größeres Ganzes entstehen zu lassen.

Jeder Absatz, jeder Satz, ja, jedes einzelne Wort wird zum Pinselstrich eines Bildes - das von Emina Kamber.

Es scheint wie ein kleines Wunder, dass die hier auf den 260 Seiten zusammengefügten Worte ein vierdimensionales Bild einer Kollegin und Freundin ergeben. Ein Wunder, weil die Worte schwarz auf weiß plötzlich bunt und farbig malen. Und ja, vierdimensional. Denn neben all den wundervollen Dingen, die sie macht und tut, erfährt man auch etwas über ihre Geschichte.

Und wenn man dann in das Leben und das Werk, die Arbeit und das Private dieses Menschen eintaucht - dann wird man überrascht. So wie ich, der seine Kollegin Emina Kamber bisher nur von der gemeinsamen Vorstandsarbeit und einigen gemeinsamen Veranstaltungen des VS Hamburg kannte.

Durch die Arbeit an diesem Buch lernte ich eine umtriebige, rastlose, unerschöpflich kreative und mit einem riesigen Herzen ausgestattete Frau kennen.

Dafür danke ich meinem Kapitän Reimer Boy Eilers, allen Kollegen und Kolleginnen mit ihren wunderschönen Beiträgen und ganz besonders und vor allem Emina Čabaravdić-Kamber.

Verzeichnis der Beiträger
und Beiträgerinnen

v.l.n.r.: Uwe Friesel, Emina Kamber, Reimer Boy Eilers,
Workshop auf der Halbinsel Pelješac 2010

Emina Čabaravdić Kamber ist Mitglied in verschiedenen literarischen Vereinigungen, so Verband
deutscher Schriftsteller, deutscher PEN und Exil
PEN und die „Auswärtige und ausländische Presse"
in Hamburg. 1988 gründete sie den Internationalen
Literaturclub „La Bohemina". Mehrsprachige Veröffentlichungen, (Bücher, Anthologien), mehrere Literaturpreise. 1989 erhielt sie den Alberto-Carpino-
Lyrikpreis der Stadt Neapel. 1996 wurde Emina Č.
Kamber für ihre literarische Arbeit zum Thema
Frieden und zur Beendigung des Krieges in Bosnien
und Herzegowina das Bundesverdienstkreuz durch
den Bundespräsidenten Roman Herzog verliehen.
2008 wurde sie auf der Buchmesse in Sarajevo vom

Verlag „Das Bosnische Wort" für ihr Lebenswerk ausgezeichnet.

Wolf-Ulrich Cropp reist und schreibt. Bisher erschienen in namhaften Verlagen 23 Bücher. Zuletzt: "Wie ich die Prinzessin von Sansibar suchte und dabei mal kurz am Kilimandscharo vorbeikam" (DuMont). "Alaska-Fieber" (Piper/National Geographic) wurde ein Bestseller.

Martin Dieckmann, geb. 1956 in Bad Godesberg, Studium der Politikwissenschaft und Kunstgeschichte; Pressedokumentar bei Gruner + Jahr in Hamburg; 1983-2000; Sekretär des ver.di-Bundesfachbereichs Medien und Kultur in Berlin 2001-2008; Fachbereichsleiter Medien und Kultur in Hamburg und Nord seit 2008.

Reimer Boy Eilers, geb. 1948, stammt von den Hummerklippen (mit einem Großvater als Leuchtturmwärter). Er ist Vorsitzender des Verbands deutscher Schriftsteller in Hamburg und Mitglied im deutschen PEN. Mehr Infos zu Eilers unter Wikipedia, der eigenen Website (www.eilers.in) oder Amazon Autorenseite.

Šimo Ešić, Autor von Gedichten, Erzählungen, Dramen und Hörspielen für Kinder, wurde 1954 in Breze bei Tuzla (Bosnien und Herzegowina) geboren. Er studierte Slavistik, danach arbeitete er als Journalist bei Radio Tuzla und Radio Sarajevo sowie als Redakteur im Verlag Univerzal. Seit 1990 ist er freischaffend und leitet als Gründer und Eigentümer den Verlag *Bosanska riječ - Das bosnische Wort* in Tuzla und Wuppertal.

In der Literatur meldete er sich zu Wort mit der Gedichtsammlung *Zdravica na kraju djetinjstva* (Trinkspruch am Ende der Kindheit; 1969), danach veröffentlichte er ca. 20 Bücher, überwiegend für Kinder. Einige davon *Rudarev kućerak* (Die Bergmannshütte), *Vezena torbica* (Das Sticktäschchen), *Putovanka* (Reiselied), *Pola igra, pola zbilja* (Halb Ernst - Halb Spiel) erlebten mehrere Auflagen, und einzelne sind übersetzt ins Slowenische, Deutsche, Schwedische, Albanische, Bulgarische, Englische und Mazedonische.

Mit dem Buch *Rudarev kućerak* ist er vertreten in der Sammlung *Dječija književnost naroda i narodnosti Bosne i Hercegovine u 20 knjiga* (Kinderliteratur des Volkes und der Ethnien von Bosnien und Herzegowina in 20 Bänden; 1990) sowie in *Hrvatska književnost za djecu i mladež u 25 knjiga* (Kroatische Literatur für Kinder und Jugendliche in 25 Bänden; 1995). Das Buch *Vezena torbica* gehört in Bosnien und Herzegowina zur Lektüre für die Grundschule.

Šimo Ešić gewann mehrfach Preise für Gedichte und Kurzprosa für Kinder im ehemaligen Jugoslawien, ausgezeichnet wurde auch sein Hörspiel *Zeleni šeširić* (Das grüne Hütchen), er erhielt den Jahrespreis für das beste Kinderbuch in Bosnien und Herzegowina (für *Rudarev kućerak*, 1980 und *Izmislionica u selu Pričevac*, 2013), die Oktoberplakette der Stadt Tuzla (1982) sowie die Auszeichnung *Vijenac stare masline* (Kranz aus dem alten Ölbaum, 2006), *Mali princ* (Der kleine Prinz) und *Zlatno Gašino pero* (Goldene Gaschos Feder, 2009) für seinen Beitrag zur Entwicklung der Kinderliteratur in den südslawischen Sprachen. Ešić wurde im Jahr 2008 für den Astrid-Lindgren-Preis nominiert.

Uwe Friesel, studierte in Hamburg, war zunächst Dramaturg (NDR, Freie Volksbühne Berlin) und Lektor (Claassen, AutorenEdition) und lebte dann als freier Autor und Übersetzer einige Jahre in Italien und Schweden. Romane, Kriminalromane, Erzählungen, Hörspiele, Kinderbücher, Lyrik. Die Romane *Ada* und *Fahles Feuer* von Vladimir Nabokov, zahlreiche Kurzgeschichten von John Updike sowie das Drama *Volpone* des elisabethanischen Autors Ben Jonson wurden von ihm ins Deutsche übertragen. Daneben hat er eine Anzahl von Anthologien herausgegeben, wie *Noch ist Deutschland nicht verloren*, zusammen mit Walter Grab. Von 1989 bis 1994 war er Bundesvorsitzender des deutschen Schriftstellerverbandes (VS). Mitglied des P.E.N. Zahlreiche Preise, darunter Rompreis Villa Massimo und Nicolas-Born-Preis des Landes Niedersachsen.

Christine Geweke, siehe Kunstraum für Lyrik, Bild und Skulptur: www.kunstraum-5.net
Meine Autorenhomepage: www.christin-van-talis.de
Kriege werden von Menschen gemacht. Frieden auch.
http://www.frauennetzwerk-fuer-frieden.de
Hrsg. v. Christine Geweke: Jeder Friedensgedanke ein Gedicht (Anthologie) ISBN 978-3-86582-734-0; FrauenFriedensgedanken (Anthologie) ISBN 978-3-86582-843-9

Duška Jekić-Golik, geb. 1953 in Belgrad, wo sie an der Akademie für Theater, Film, Radio und Fernsehen das Studium der Dramaturgie, Studienrichtung Kulturwissenschaften, absolvierte. Während des Studiums arbeitete sie als Nachrichtensprecherin beim staatlichen Fernsehen in Belgrad. Im Jahr 1978 zog sie nach Poreč, Istrien, wo sie als Journalistin und Redakteurin der Lokalnachrichten des Blattes Porečki glasnik sowie beim Radiosender Radio Pula tätig war.

Während der Kriegswirren im ehemaligen Jugoslawien berichtete sie direkt aus den kroatischen Kriegsgebieten über die Grausamkeiten des Krieges und seine Folgen. Sie stammt aus einer konfessionellen Mischehe, und diese gefährliche Last der „Nichtzugehörigkeit" wurde ihr in den Kriegsjahren noch zusätzlich aufgebürdet. Schließlich verlagerte sie ihren Lebensmittelpunkt nach Österreich. Gerade diese unterschiedlichen Lebensstationen haben sie geprägt und beeinflussen ihren literarischen Stil. Sie schreibt Gedichte, Essays, Humoresken und kurze Erzählungen. Die Tatsache, dass sich die Leser bis jetzt vor allem an ihrer Poesie erfreuen konnten, verlieh ihr das Attribut Poetessa. In der Grazer Literaturszene pflegt sie intensive Kontakte zu österreichischen Autoren, im deutschen Literaturclub La Bohemina ist sie seit längerem als zweite Vorsitzende engagiert. Dort vermittelt sie zwischen Südost-Europa und dem deutschen Sprachraum.

Christel Hildebrandt, geb. 1952, Studium der Germanistik, Soziologie und Literaturwissenschaft. Nach dem Lehrerstudium und der Promotion in Literaturwissenschaft - über Frauenliteratur in der DDR - habe ich mich der skandinavischen Literatur zugewandt. Seit 1983 übersetze ich aus dem Norwegischen, Dänischen und Schwedischen, seit 1988 hauptberuflich, so ziemlich alles, von Krimi über Kinderliteratur bis zu Theaterstücken, wobei mir die norwegische Sprache besonders am Herzen liegt. Auf meiner Backlist befinden sich Namen wie Henrik Ibsen, Lars Saabye Christensen, August Strindberg, Håkan Nesser, Amalie Skram und Hanne Marie Svendsen.

Esther Kaufmann. Die Hamburger Autorin schreibt Kurzprosa, Drehbücher, Hörbücher und Theaterstücke. Neben der Arbeit im VS-Vorstand ist sie als Dramaturgin tätig und betreut Stückentwicklungen am Theater. Besonders am Herzen liegen ihr Schreibkurse für Kinder wie auch für Kollegen.

Gino Leineweber, geb. 1944, lebt und arbeitet als Schriftsteller in seiner Heimatstadt Hamburg. Nachdem er anfangs Prosa geschrieben und veröffentlicht hat, liegt der Schwerpunkt seiner Veröffentlichungen auf Biografien, Reisebüchern und Lyrik. Von 2003 bis 2008 war er Redakteur des *Buddhistischen Monatsblattes*. Er ist seit 2015 Ehrenvorsitzender der Hamburger Autorenvereinigung. Von 1991 bis 2015 war er Mitglied der Deputation der Kulturbehörde Hamburg.
Leineweber ist Präsident des Three Seas Writers' and Translators' Council (TSWTC) mit Sitz in Rhodos, Griechenland, und Mitglied im Deutschen Exil-PEN (PEN-Zentrum deutschsprachiger Autoren im Ausland) sowie des VS (Verband deutscher Schriftstellerinnen und Schriftsteller).

Sven j. Olsson ist Hamburger von Geburt und Weltenbummler aus Leidenschaft. Im Theater hat er seit 1982 auf, hinter und vor der Bühne alles gemacht, was man nur machen kann. Seit 2008 schreibt Sven j. Olsson Reiseberichte, Satiren und Theaterstücke. Dabei reichen seine Stücke vom Bollywood-Musical "Die mutige Kanhar De" über Jugendstücke, Komödien wie "Paradise Devils" oder "Heckenschnitt" bis hin zu schwarzen, satirischen Stücken mit aktuellem Bezug wie "Blue Card". Da seine besondere Liebe der Literatur der 20er Jahre gilt, liest er Walter Mehring und hat dessen Roman "Müller - Chronik einer deutschen Sippe" (chronos theatertexte) für das Theater dramatisiert.

Vera Rosenbusch lebt als Literaturperformerin und Autorin in Hamburg. Sie schreibt Prosa und Theaterstücke, einzeln und kollektiv. Live erleben kann man sie mit eigenen und fremden Texten im Monsuntheater und anderswo oder auf einem ihrer elf Literarischen Spaziergänge. 2016 erschien im Shoebox House Verlag »Alles so schön grün hier« (mit Lutz Flörke) – versammelte Fälle und Geschichten, die in Parks und Gärten spielen.
Mehr Info: www.hamburgerliteraturreisen.de
Hörproben:
https://soundcloud.com/vera-rosenbusch

Peter Schütt, geb. 1939 in Basbeck, heute Hemmoor, an der Niederelbe, aktiv in der Studentenbewegung, von 1971 bis 1987 Mitglied im Parteivorstand der Deutschen Kommunistischen Partei, seit 1991 Bekenntnis zum Islam und jetzt Sprecher der deutschsprachigen muslimischen Gemeinde an der

„Blauen Moschee" in Hamburg. Letzte Veröffentlichungen: „Von Basbeck am Moor über Moskau nach Mekka. Stationen einer Lebensreise", „Peterchens Mondfahrt. 100 Gedichte aus 50 Jahren" und „Altweibersommernachtstraum. Westöstliche Liebesgedichte".

Hans-Jürgen Schumacher ist geborener Greifswalder, gelernter Buchhändler, studierte zwei Jahre 1989-90 am damaligen Leipziger Literaturinstitut „Joh. R. Becher", arbeitete als Kunstverkäufer, Journalist und Publizist, schreibt vor allem historische Romane mit Themen zur Regionalgeschichte. Seit 1998 Mitglied im VS, seit 2001 Landesvorsitzender Mecklenburg-Vorpommern. Sein Hauptwerk „... die Lieb' ist mein Beginn" über Pommerns bedeutendste Barockdichterin Sibylla Schwarz (1621-1638), machte die frühvollendete und in ihrer Heimat vergessene Dichterin wieder einer breiten Öffentlichkeit bekannt. Abgeschlossen hat er sein schon lange geplantes „Greifswalder Lesebuch – Stadtgeschichte aus neun Jahrhunderten", sowie die Rohfassung zur Auftragsbiografie „Licht am Ende des Tunnels" über den katholischen Pfarrer, antifaschistischen Widerstandskämpfer und Märtyrer Alfons Maria Wachsmann (1896-1944).

Heinrich Stricker war Leiter der Spracharbeit am Goethe-Institut Bosnien und Herzegowina. Er studierte Anglistik und Germanistik in Erlangen und München, war DAAD-Lektor in England und Gymnasiallehrer in Bayern. Seit 1980 arbeitete er für das Goethe-Institut, u.a. an den Auslandsinstituten in Manchester, Thessaloniki und Sarajevo sowie in der

Zentrale in München. Über seine Zeit in Bosnien und Herzegowina veröffentlichte er das Buch: „Lektüren in Sarajevo".